아버지가 지은 집, 아들이 고쳐 쓰다

책의 정원,
초정리에서

변광섭 지음

샘터

서시

크리에이터
이어령의 한마디

하강하는 중력
상승하는 햇빛
이 두힘을 함께 지닌
일하는 사람. 변광섭

이어령

서시

책의 정원, 초정리에서

섬동 김병기(시인)

삶의 씨를 틔워 꺼지지 않는 꽃을 피우며
물살 살결 숨결 고이 간직하고 가는
함께 누리는 세상을 찾아가는 사람이 있다

오래 내려온 결 고운 전통을 닦아서
겨레의 얼 꼭 쥐고 가는 푸른 정신이
아름다운 길을 여는 눈빛 밝은 사람이다

앞으로 가야 할 길은 이미 있었다고
오늘을 사는 일이 앞날을 펼치는 거라는
깊은 바닥을 오달지게 가득 채우며
바다로 가는 꿈을 이루는 소금의 눈이다

다시 손본 집에 모은 작품을 펼치고
구름처럼 벗이 와서 맑은 뜻 높이자고
새와 바람의 소리를 불러 마주하고
외로워도 한결같이 빛나는 넋이다

초정에 익은 물길을 마당에 길어 올리고
옛살라비 이마에 새겨 숨 쉬는 문화여,
어진 임금이 찾은 터에 혼 가득 채우고
저녁 빛나는 노을처럼 붉은 영혼이여!

변광섭 선생이 고향집을 중수하였다기에 잠시 들렀다.
비만 내리고 아무도 없어 마음이 고요했다.

차례

1부 고향 가는 길

2부 아버지가 지은 집 아들이 고쳐 쓰다

1부 ─── 고향 가는 길

초정리에서

고향집으로 들어가는 골목길에 눈꽃이 가득했다.
30년 만의 발걸음이 하얀 찔레꽃으로 물들었다.

"애야, 왜 이제 오느냐. 어서 들어가 밥 먹자"라며 내 어깨를 보듬는 어머니의 목소리가 들렸다. 마당 한가운데서 쇠죽을 끓이며 장작 패는 아버지도 얼핏 스쳤다. 가마솥의 밥 짓는 냄새와 뒤꼍 장독대의 장 익는 냄새가 구수했다.

이상했다. 내가 밟고 있는 곳은 분명 이승인데 저승의 아버지가 마중 나오고, 요양원에 계신 어머니까지 나를 반겼다. 그날의 일은 돌이킬 수 없고 완강한데 이승과 저편의 풍경들이 서로 뒤섞였다. 언제인지, 어디인지 식별할 수 없는 기억들이 포개졌다. 나는 세월의 간격을 뛰어넘어 다급한 갈증처럼 마당과 뒤꼍과 방 안의 구석구석을 뒤적거렸다. 찬바람만 나부꼈다.

30년 만에 찾은 내 고향 초정리는 시리고 아팠다. 골목길의 추억은 허허롭고 뒷동산 참나무 숲은 가볍고 사소했다. 탕마당의 팽나무도 세월을 견디지 못해 고사 직전이고 이곳을 오가며 뛰어놀던 악동들은 지천명을 훌쩍 넘겼으니 생사가 불분명했다. 골목길의 돌담과 실개천과 삽살개도 온데간데없다.

마을 한 가운데에 상탕, 원탕, 하탕이라고 부르던 세 개의 약수터가 있었다. 상탕은 유일하게 남아있는 '초정영천'이다. 세종대왕이 이곳에 머무르며 요양을 했다. 자연석으로 쌓아올린 탕 아래를 내려다보면 하늘처럼 눈부신 물의 세계가 펼쳐졌다. 뽀글뽀글 물방울이 꿈틀거렸다. 원탕은 둘레가 6m의 원통형으로 만들어졌다. 두레박으로 약수를 길어 올렸는데 밧줄 끝에 두레박을 걸고 한쪽에 돌을 매달았다. 돌이 내려가는 힘을 이용해 물을 길어 올렸다. 그때마다 샘 속에서 천연가스가 솟구치고 방울방울 물방울 소리 가득했다. 돌계단을 밟고 내려가면 표주박으로 물을 떠 마실 수 있는 곳도 있었다. 그리고 하탕은 노천탕이었다. 하루에 한 번씩 약수가 하늘 높이 치솟았다.

사람들은 이곳에서 톡 쏘고 알싸한 맛의 약수를 즐겨 마셨다. 전국 각지에서 물맛 보겠다며 달려온 사람들로 문전성시였다. 일제강점기에는 기차를 타고 초정약수 탐방을 하는 관광상품이 운영될 정도였다. 그리고 백중날이 되면 청주에서 가장 큰 놀이가 펼쳐졌는데 풍물놀이와 씨름대회가 하이라이트였다. 족욕과 등목하며 무더위를 식히고 야바위꾼과 기생집, 방물장수 등과 함께 해 지는 줄 몰랐다.

학창시절 소풍은 으레 초정으로 왔다. 탕마당에서 약수를 마시고 뒷산에서 장기자랑과 보물찾기를 했다. 두레박으로 약수를 길어 올려 마실 때는 별들이 쏟아졌다. 그날 맛보던 도시락과 달고나와 아이스께끼의 추억은 속절없다. 지워져 버린 먼 기억이 내 몸과 마음을 옥죄었다. 옴짝달싹 못 하고 돌이킬 수 없는 날들의 전설 속에서 머뭇거려야 했다.

승악골(승어골)에서는 천렵을 하며 풍즐거풍(風櫛擧風)을 즐겼다. 구라산에서는 다람쥐처럼 성곽을 오르내리며 머루와 다래를 따 먹었다. 탕마당은 거대한 놀이터였고 문화광장이었다. 세상의 문물이 모였다고 흩어지는 교역의 장소였다. 바로 이곳에 세종대왕 행궁 터가 있었다. 승어골은 임금이 이 산을 올랐다고 해서 붙여졌다.

지금은 이 모든 것들이 희미해졌다. 추억은 소소하고 그리움은 쓸쓸하다. 애틋함도 메말라 버렸다. 이것들을 찾으려 애쓰는 사람도 없었다. 공장의 기계 소리와 식당의 번쩍이는 간판과 호텔의 네온사인은 이곳이 더 이상 고향의 땅이 아니라 생존을 위한 전장임을 웅변하고 있다. 모든 것이 남루했다. 가슴이 답답했다.

　　나는 몇 해 전에 초정을 창조의 아이콘, 문화의 성지로 가꾸기 위한 노력에 동참했다. 세종대왕 초정 르네상스 마스터플랜을 수립했고 세종대왕 100리라는 프로젝트도 기획했다. 『생명의 숲 초정리에서』, 『초정리 사람들』 등의 고향 이야기를 담은 책을 펴냈으며 초정의 잊혀지고 사라지는 것들을 재생하기 위해 몸부림쳤다.

　　다시 고향집 마당을 어슬렁거렸다. 텅 빈 집은 잡초로 무성했고 지붕엔 검버섯이 솟았다. 그 많던 대추나무도 벼락 맞아 속절없다. 늙은 밤나무만 햇살과 바람과 구름을 벗하며 빈집을 지키고 있었다. 시간과 기억들은 앞뒤가 뒤섞여서 정신이 혼미했다. 다시 신발끈을 동여맸다. 본질을 향해 내 길을 가야겠다.

초가지붕

내가 태어난 곳은 지금의 이 집이 아니다.
바로 앞, 탕마당에 붙어있던 곳이었는데 초가집이었다.
초가집이라고 우습게 보면 안 된다.
이곳에서 오백 년을 살아온 종갓집이었기 때문에 넓고 큼지막했다.
방만 해도 열 칸이 넘었고 큰집, 작은집 식구들이 함께 살았다.

초가집의 백미는 지붕이었다. 초가집은 일 년에 한 번 새 옷으로 갈아입는다. 늦가을이나 초겨울에 동네 어른들이 모여 헌 볏짚을 새 볏짚으로 교체했다. 그리고 지붕에 박을 올렸다. 박꽃은 낮에는 숨죽이고 있다가 해가 질 무렵부터 피기 시작해 별과 달이 총총히 빛날 때 절정이다. 가난한 밤을 밝히기 위해 태어났는가. 초가지붕 위에 박이 주렁주렁 열리면 사다리 타고 올라가 이것들을 하나씩 가져 내려왔다. 보름달처럼 둥근 박을 수확하는 아버지의 마음은 어땠을까. 박을 자르면 바가지가 되고 술잔이 되었으며 탈바가지가 되고 똥바가지가 되었다. 악동들의 장난감으로 안성맞춤이었다.

흙 뽀얀 마당가에는 늙은 대추나무가 있었다. 두레박으로 물을 길어 올리는 우물이 있었고 추녀에서 건너지른 빨랫줄은 바지랑대가 괴어주었다. 그 옆에 흙으로 빚은 담배 건조장과 외양간이, 그리고 거름터가 있었다. 어떤 시인은 "저녁밥 짓는 연기 모락모락 올라가면, 신나게 놀다가도 서둘러 돌아가던 초가집, 황토 흙벽에 저녁노을 깃들면, 둥그런 지붕처럼 마음이 평안하던 초가집"이라고 했다. 욕심을 버리면 초가집도 아늑하고, 마음이 순하면 된장국도 향기롭다.

작은집(작은할아버지)이 먼저 한옥으로 집을 짓고 이사를 갔다. 한옥의 크기는 대들보를 보면 알 수 있는데 초정에서 가장 크고 넓었으며 멋있었다. 그다음에 우리집이 지금의 자리로 옮기면서 한옥으로 집을 지었다. 그러면서 초가집의 역사와 풍경이 사라졌다. 춥고 배고프던 시절, 초가집은 남루한 가난 속에서도 삶의 향기 깃들고 상처 깊은 풍경을 보듬고 있었다. 살아야 하는 이유가 거기에 있었다.

사랑으로 빚은 집

그러니까 내가 살던 고향집은
큰집, 빨간 대문집, 대추나무집이라고 불렀다.
집안의 종갓집이기 때문에 '큰집'이라고 불렀고,
빨간색 대문이 있어 '빨간 대문집'이라고 불렀으며,
우물터에 오래된 대추나무가 있었기 때문에
'대추나무집'이라고 불렀다.

내가 네 살쯤 되던 해 아버지는 목수들과 함께 직접 집을 지으셨다. 구라산과 승어골에서 목재로 쓸 만한 것들을 베어와 대들보와 서까래를 만들었고 부엌, 안방, 대청마루, 사랑방 등을 만들었다. 집 뒤에는 장독대가 있었고 대문 옆에 재래식 화장실과 외양간, 그리고 담배건조장이 있었다. 독립된 사랑채가 있었는데 이곳은 집안일을 도와주던 '일꾼'이 살았다. 두레박으로 길어 올려 물을 마실 수 있는 우물도 있었지만 마중물을 붓고 펌프질하면 물이 쏟아지는 기계가 들어오면서 두레박 우물터와 대추나무가 사라졌다.

집터가 작지 않았다. 집 뒤에도 텃밭이 있었고 대문과 집 앞 사이엔 드넓은 마당
이 있었다. 어머니는 돌담으로 된 울타리 사이마다 앵두나무를 심었고 채송화와 봉숭
아꽃을 심었다. 어린 소년은 그곳에서 햇살처럼 뛰어다녔고 참새처럼 노래를 불렀으
며 나비처럼 춤을 추며 놀았다. 그러면서 15리 길을 걸어서 초등학교에 다녔다. 논과
밭을 지나 산을 넘고 냇가를 건너야 했던 그 길에서 봄 여름 가을 겨울을 수없이 맞이
했다. 대지가 트림할 때마다 소년의 꿈도 영글어갔다. 누가 그랬던가. 인간은 되돌아
볼 때 어른이 된다고.

『변신』을 쓴 프란츠 카프카는 프라하 보험국 공무원이었다. 19세기 영국 소설가로 인기가 높았던 앤서니 트롤럽은 새벽마다 일정한 분량의 원고를 쓰고 출근하던 우체국 직원이었다. 『사람은 무엇으로 사는가』. 톨스토이의 단편소설 제목이다. 톨스토이는 서로를 아끼는 사랑과 박애를 으뜸으로 꼽았다. 그렇지만 인류의 역사는 상식의 파괴에서 만들어졌다. 평범함 속에서도 비범함을 누리는 것은 나 하기 나름이다. 나는 도시 구경 한 번 하지 못하고 자랐지만 그 어느 곳보다 아름답고 값진 곳에서 태어나고 자랐다.

한옥은 열려진 음악이다. 하늘과 땅이 마주하고 햇살과 그림자가 깃들며 들숨과 날숨, 자연의 오달진 생명, 장인의 혼과 진한 땀방울로 집 한 채, 밥 한 그릇 만들었다. 자연이 사람과 만나니 우주가 되고, 날줄과 씨줄이 만나니 삶과 문화가 되어 새새틈틈 스미고 물든다. 꽃처럼 나비처럼 바람처럼 햇살처럼, 별처럼 달처럼 물처럼 숲처럼 그렇게 풍경이 깃든다.

인생은 겪는 것이다. 기쁜 일도 겪고 슬픈 일도 겪는다. 이런 사람도 만나고 저런 사람도 만난다. 눈이 오고 비바람 몰아치는데 겪으면서, 만나면서 운명이 되고 지혜가 되며 존재의 이유가 된다. 장독대엔 장이 익어가고 굴뚝에선 연기가 모락모락 밥 짓는 구순한 내음 끼쳐오고 마당에는 서리태 까부는 소리 장작 패는 소리 마뜩하다. 돌담 옆 붉게 쏟아지는 홍시를 보며 나그네 발걸음 머뭇거린다.

석탄처럼 묻혀있던 꿈을 들어 올렸다. 겹겹이 쌓여있는 어둠을 하나씩 걷으니 윤기가 흘렀다. 모든 참된 삶은 만남이고 내가 사는 곳이 나를 만든다. 이곳은 천년의 숨결, 시공을 뛰어넘는 사유의 공간이다. 깊고 느림의 미학, 오래된 미래다.

엄마의 진심

지금도 고향집 한 모퉁이에
빛바랜 맷돌과 절구통이 있다.

맷돌은 납작한 원통 모양의 돌 두 개를 위아래로 맞추어놓은 형태인데 위짝은 암쇠라 하여 구멍이 뚫려있고, 아래짝은 수쇠라 하여 가운데가 뾰족해 위짝과 맞추도록 되어 있다. 구멍에 콩이나 팥을 넣고 어처구니를 잡은 뒤 빙빙 돌리면 곱게 갈려 나왔다. 두부를 할 때도 물에 불린 콩을 넣어 돌리면 콩죽이 하얀 거품을 물며 비명을 질렀다.

절구는 큰 돌의 속을 파낸 구멍에 곡식을 넣고 절굿공이로 찧는 데 협업이 필요했다. 깨나 콩을 찧을 때는 엄마 혼자 했지만 인절미 등 떡을 할 때는 아버지가 찧고 엄마는 손으로 구멍에 있는 곡식을 이리저리 뒤집으며 골고루 잘 찧을 수 있게 했다. 찧고 뒤적이고 찧고 뒤적이고…. 궁합이 맞아야 했고 협업이 중요했다.

뒤주는 엄마의 작은 신전이었다. 부엌에는 쌀뒤주가, 대청마루에는 콩을 보관하던 뒤주가 있었다. 회화나무 통판으로 궤짝처럼 만들었는데 간결하지만 묵직했다. 직선이지만 듬직했다. 엄마는 아침저녁으로 뒤주를 열어 곡식을 꺼냈고, 그때마다 당신의 풍요로운 뒤태가 아름다웠다. 아버지의 옷을 다릴 때도, 자식들의 교복을 다릴 때도 다리미를 사용했다. 지금의 전기다리미나 스팀다리미가 아니다. 붉게 타오르는 숯을 잔뜩 넣고 밑판을 달군 뒤 옷이나 천의 구김살을 문질러 펴는 방식이었다. 가끔은 인두를 활용했는데 자칫하다가는 옷감에 불이 붙거나 시꺼멓게 타기도 했다.

　시골집에는 두 개의 곤봉이 있었다. 빨랫방망이와 다듬잇방망이가 그것이다. 두 개 다 엄마의 전유물이었는데 하루에 한 번 동네 시냇가 빨래터에서 방망이질할 때는 빨랫방망이를, 늦은 밤 대청마루에서 주름진 옷을 펼 때는 다듬잇방망이를 사용했다. 두 개 모두 다듬잇돌이 있어야 했다.

　　빨래터의 동네 아줌마 풍경도 좋았지만
　　대청마루에서 들려오는 다듬이 소리는 밤의 교향곡이었다.
　　엄마의 진심을 담은
　　춤사위이고 노래였으며 울림이었다.
　　가르침은 들려주는 것이 아니라
　　등으로 보여주는 것임을 엄마를 통해 배웠다.

　철없이 놀기만 하던 시절, 어머니는 뒷밭의 사과를 한 광주리 따서 육거리시장으로 가져갔다. 팔아야 육성회비도 내고 버스비도 줄 수 있다며 무거운 사과 바구니를 머리에 이고 장으로 갔다. 그날 저녁, 당신은 아침에 가져갔던 것 하나도 팔지 못하고 돌아왔다. "아들아, 사람들이 사과 알 작다고 사지 않더라. 애미는 못나서 이렇게 살지만 너는 큰 사과가 되거라. 애미처럼 살지 말거라." 그날 나는 뒤란 툇마루에 쪼그려 앉아 엉엉 울었다. 어머니가 불쌍해서 울었고, 엄마처럼 살지 않겠다고 다짐하며 울었다.

장독대

사위어가는 것들은 하나같이 가난하고 쓸쓸해 보인다. 마을은 푸르스름한 이내에 잠겨 허기지고 산촌은 적막한데 보름달만 고요한 밤을 지키고 있다. 쓸쓸하면 마음이 선해진다고 했던가. 모든 상처에는 풍경이 깃들어 있다. 그 무위한 풍경만으로 고단하고 질긴 삶의 물결이 출렁이지 않을 수 없다. 현실은 애달프지만 지나고 나면 이 모든 순간이 소중하고 애틋하며 그리움 가득하다.

어머니는 들판에서 진한 땀방울을 흘리고 돌아오면 마당과 부엌과 장독대를 서성거렸다. 발걸음을 옮길 때마다 당신의 마른 치마에서 먼지가 푸석거렸다. 몸과 마음은 천근만근인데 주저앉을 수 없다. 불현듯 그리움이 밀려왔다. 그리움이 간절하다. 누군가를 그리워하고 무엇인가를 갈망한다. 소나기가 기다려지고, 집을 떠나 도시 어딘가에 있을 누군가를 그리워한다. 영혼을 깨우는 소리, 무디어진 촉수를 되살리는 소리를 찾아 나선다.

어머니는 고쿠락에 불을 지피고 저녁밥을 한 뒤 장독대로 갔다. 정화수 한 사발 장독대에 올려놓고 두 손을 모았다. 그날 달빛에 비친 당신의 두 손을 보았다. 생의 손마디가 주름지고 애달팠다. 장독대에는 채송화가 피었고 크고 작은 독 속에는 김장김치와 간장 된장 고추장 등 당신이 손수 빚은 우리 가족의 영양식이 가득했다. 어린 소년은 숨죽이며 어머니가 무슨 기도를 하고 있는지, 어떤 염원을 담았는지 엿들었다. 당신의 곡진한 기도는 새벽까지 계속되었다. 하늘과 땅 사이에 어머니만 서 계셨다. 당신의 치맛자락에 채송화 봉숭아가 붉게 물들었다.

헤아릴 수 없이 수많은 밤을
내 가슴 도려내는 아픔에 겨워
얼마나 울었던가 동백 아가씨.

엄마는 이미자의 노래 '동백 아가씨'를 좋아했다. 밭을 매면서도, 부지깽이로 아궁이에 불을 땔 때도, 빨래터에서도, 마당가에 채송화를 심을 때도 '동백 아가씨'를 불렀다. 어머니는 가족을 위하여 자신의 목마름을 숨길 줄 아는 하얀 겸손을 갖고 있었다.

어머니의 부엌

우리집 부엌은 들어가려면 삐그덕거리는 문을 열고
돌계단을 밟고 내려가야 했다.

좌측엔 땔감을 보관하는 곳이 있었고 3단으로 만든 찬장과 작은 창고가 있었다. 창고에는 쌀을 보관하는 항아리와 뒤주를 비롯해 어머니가 사용하는 물건들이 질서 있게 자리를 잡고 있었다. 가끔 그곳에서 귀뚜라미 소리가 들렸다. 우측에는 무쇠솥이 여러 개 있었는데 물을 끓일 때, 밥을 지을 때, 국을 끓일 때 그때마다 정해진 용도가 달랐다.

동네에서는 아궁이를 고쿠락이라고 불렀다. 고쿠락에 불을 지필 때는 불쏘시개가 필요했다. 불을 지필 때도, 불길을 조절할 때도, 불을 끄거나 화로에 옮겨 담을 때도, 심지어 부뚜막에 올라온 고양이 내쫓을 때도 부지깽이는 요긴하게 쓰였다. 어머니는 설거지한 뒤 꼭 무쇠솥에 아주까리기름을 칠했다. 검은 무쇠솥에 윤기가 자르르 빛났는데 녹슬지 않게 하고 오래도록 사용하려는 의도였다.

부엌 벽면에 여러 개의 소반이 걸려 있었다. 죄다 개다리소반이었는데 쓰임에 따라 크기와 형태가 조금씩 달랐다. 밥 먹을 때는 식반을, 손님에게 술상을 올릴 때는

주안반을, 제사를 지낼 때는 제상을 사용했다. 할머니 살아계실 때는 독상을 차려주셨는데, 어린 소년은 할머니 곁에 앉아 밥을 먹었다. 밥은 꽁보리밥, 반찬이라곤 청국장 아니면 된장찌개가 다반사였고 고추장, 간장, 장아찌, 콩조림 정도를 맛볼 수 있었다. 이따금 계란찜이나 생선구이가 밥상 위에 올라왔는데 그런 날은 형제들이 한 점이라도 더 먹기 위해 발악을 했다. 가난했지만 풋풋한 농경의 문화가 아니었던가.

인내는 인간을 다른 동물과 구분하는 최고의 덕목이다. 사랑을 지속할 수 있는 힘 또한 인내에서 비롯된다. 사랑하니까 인내하고 인내하니까 그 사랑이 더욱 깊어진다. 단테의『신곡』은 이렇게 시작한다. "우리 인생 여정의 한가운데서, 나는 어두운 숲 속에서 헤매고 있는 자신을 발견했다. 그곳에는 반듯한 길이 숨겨져 있다." 인간은 저마다 어두운 숲에서도 살아남을 수 있는 고유의 생존장비를 갖고 있다. 그러니 진심을 다하고 용기를 다하며 인내로 내 삶을 완성해야 한다. 가장 빠른 지름길은 지름길을 찾지 않는 것이다.

아버지의 지게

아버지는 목수도 아니고
건축업자도 아니다.

그런데 경험 한 번 없이, 도면 한 장 없이 집을 지으셨다. 담배 건조실도 당신이 직접 지으셨고, 외양간과 사랑채도 당신이 직접 도맡아 했다. 어깨너머로 배운 것이 전부였지만 당신이 하지 않으면 안 된다는 사명감이 용기가 되었고, 당신의 삶이 곧 경전이었다.

당신 곁에는 항상 지게가 있었다. 밭에서 담배를 실어 나를 때도, 볏단을 옮길 때도 지게가 필요했다. 내수 장터로 장 보러 갈 때도 지게를 지고 갔다. 집에서 나갈 때는 텅 빈 지게였지만, 집으로 돌아올 때는 가득 채워졌다. 어떤 날은 당신의 키보다 두 배나 높고 무거운 짐을 져 나르기도 했다. 땔감을 마련하기 위해 산으로 갈 때도 지게는 필수품이었다. 대들보며 서까래 등 집을 지을 때마다 굵직한 나무가 필요했는데 그때마다 지게는 요긴하게 쓰였다.

나는 항상 집 앞 탕마당의 팽나무에서 아버지를 기다렸다. 지게에 짐을 잔뜩 싣고 걸어올 때 당신의 이마엔 주름진 계곡마다 굵은 땀방울이 가득했다. 가끔은 비틀

거리기도 했지만 결코 쓰러지는 법이 없었다. 그 비밀은 균형과 율동의 조화에 있었다. 지게 위에 얹은 짐들을 한쪽으로 치우치지 않게 쌓아 올리는 기술과 쌓아 올린 것들이 이동할 때 흔들리거나 균형감이 잃지 않도록 단단하고 촘촘하게 쌓는 게 중요했다. 그리고 파도가 출렁이듯 율동과 장단을 맞춰 걸어야 했다.

덮개라는 말이 '덮다'에서, 베개라는 말이 '베다'에서 생겨났듯이 지게는 '지다'에서 나온 말이다. 지는 도구라는 뜻이다. 지겟가지는 나뭇가지의 형태, 자연 그대로의 생김새를 이용해서 만들었는데 지게를 세워놓고 보면 A자 형태를 하고 있다. 군더더기 없는 자연의 그 모습이다. 텅 빈 지게에는 여백과 휴식의 미학이, 짐을 가득 싣고 이동할 때는 풍요와 희망의 장단이 깃들어 있다. 아버지의 고단한 일상과 때 묻지 않은 욕망이 융합된 열린 창고가 아니었던가.

아버지의 등 뒤에서는 늘 땀 냄새가 났다. 논과 밭에서 지게 지고 일할 때도, 쟁기질할 때도, 힘들고 슬픈 일 있을 때도 속으로만 울었다. 등에서 나는 땀 냄새가 아버지의 울음이었다.

수울수울 넘어간다

집 안에 술 냄새가 가득했다.

어머니는 추석과 설날, 그리고 제사가 다가오면 술을 빚었다.

소년의 키보다 더 큰 장독대를 참나무 숯과 물을 넣어 깨끗이 씻었다.

찹쌀과 멥쌀을 섞은 쌀을 쪄서 고두밥을 만들고, 누룩과 함께 항아리에 담아

발효시켰다. 누룩과 효소와 발효 시간과 저장하는 공간의 환경,

그리고 술을 빚는 사람의 손길에 따라 그 맛과 운명이 정해진다.

어머니는 정성으로 술을 담그고 육감으로 빚었다. 고두밥을 지을 때 가마솥에 물을 조금만 넣어야 한다. 아주 되게 지어 고들고들한 밥이 되어야 하기 때문이다. 불 조절 잘못하면 귀한 쌀 누룽지가 될 수 있으니 불길과 솥뚜껑 틈으로 빠져나오는 냄새로 판단했다. 고두밥을 멍석에 깔아 뜨거운 열기를 식힌 뒤 누룩을 넣어 버무렸다. 다락방 어딘가에 한 이틀 보관한 뒤 항아리에 밑술과 고두밥이 들어간 덧술을 넣었다. 그리고 탕마당의 샘에서 약수를 길어 올린 뒤 항아리에 부었다. 솔잎이나 대추, 국화, 아카시아꽃 등을 넣기도 했다. 뚜껑을 닫고 한지로 씌운 뒤 묵직한 돌을 올려놓았다. 술독은 안방 윗목에 여러 날 고이 모셔졌다.

그 속이 하도 궁금해 뚜껑을 열었다가 혼쭐난 적도 있다. 어머니의 정성과 진심으로, 별과 달을 품고 술이 익어갔다. 들숨과 날숨이 쉼 없이 계속되더니 미세한 술 향기가 나기 시작했다. 어머니의 발걸음이 분주해지기 시작했다. 술이 잘 숙성되었는지 냄새를 맡고 뚜껑을 열어 맛을 본 뒤 용수를 넣어 술을 주전자에 옮겨 담았다. 그 술맛이 얼마나 좋았던지 마을 어른들은 한번씩 들러 맛을 봤다. 어떤 날은 아예 대청마루에 술상을 차렸다.

"강나루 건너서 밀밭 길을, 구름에 달 가듯이 가는 나그네. 길은 외줄기 남도 삼백리, 술 익는 마을마다 타는 저녁놀. 구름에 달 가듯이 가는 나그네." 박목월의 시가 입술을 비집고 나온다. 비 오는 날이면 영탁의 "막걸리 한 잔~"을 흥얼거린다. 세상은 변해도 사람의 입맛은 쉽게 변하지 않는다. 고향이 그리울 때, 친구가 생각날 때 막걸리가 땡기는 이유다.

미나리

"미나리가 뭔지 모르지? 미국 바보들은.
잡초처럼 아무 데서나 막 자라니까 누구든 뽑아먹을 수 있어."

세계 최고의 영화제인 아카데미상에서 여우조연상을 받은 윤여정의 영화「미나
리」에서 할머니 순자(배우 윤여정)가 한 말이다. 그녀의 말 그대로 잡초처럼 아무 데서
나 잘 자란다. 동네 어디를 가도 미나리가 있었다. 초정에서 비상초등학교까지 15리를
걸어야 했는데 논에도, 밭에도, 우물가에도, 실개천에도 미나리가 많았다. 마을 사람
들은 자투리땅만 있으면 미나리를 심었다. 이름하여 미나리꽝이다. 물이 있는 개천
이나 논가의 둠벙에 미나리를 심었다. 겨울 한 철 빼곤 수시로 미나리 맛을 볼 수 있었
는데, 어른들은 미나리 수확을 할 때 가위나 칼로 뿌리만 남겨두고 잘랐다. 며칠 지나
면 뿌리에서 다시 싹이 트고 무럭무럭 자랐다. 미나리꽝에는 거머리가 많았다. 거머
리에게 물리는 일이 허다했다. 다산 정약용도 강진 유배생활 할 때 다산초당을 짓고
그 아래 시냇물 흐르는 곳에 미나리를 심었다.

"김치에도 넣고, 찌개에도 넣어 먹고,

아플 때는 약도 되지. 원더풀 원더풀이야."

영화 속 순자의 대사처럼 미나리는 쓰임이 많았다. 특히 초정에서는 약수에 미나리를 넣어 만든 미나리 물김치가 인기였다. 달차근하고 향긋하며 식감까지 끝내줬다. 입맛이 없을 때 미나리 물김치 한 접시 그냥 마셔도 좋았다. 삼겹살과 미나리는 최고의 궁합이었다. 마을에서는 삼겹살이나 수육을 먹을 때 미나리와 함께 먹었다. 상추에 싸 먹는 것보다 맛있다. 미나리의 향이 삼겹살의 잡냄새를 잡아주고 아삭아삭 씹히는 식감이 좋았다. 동태찌개를 해 먹을 때 없으면 안 되는 식자재가 미나리였다.

엄마는 집 앞 실개천에 미나리꽝을 만들었다. 작은 돌을 둥그렇게 쌓아 성역 표시를 했다. 개구리가 잠에서 깨어나 알을 낳기도 했고 물방개가 수영을 하기도 했다. 가끔 그곳에 딱새가 날아왔다. 둠벙도 사라졌고 미나리꽝도 사라진 지 오래다. 그 자리엔 익명의 공장과 집들이 들어섰다. 아, 그런데 이게 어찌 된 일인가. 사라진 줄 알았던 미나리가 장독대 옆에서 자라고 있었다. 잡풀 무성한 메마른 땅을 비집고 푸른 입술을 내밀고 있었다.

"세상엔 펑 하고 일어나는 일은 없어요."

윤여정이 아카데미 시상식장에서 한 말이다. 그 흔한 미나리라고 해도 펑 하고 피어나지 않는다. 어둠을 뚫고, 진흙을 비집고, 온 힘을 다해 조금씩 솟아오른다. 그리고 누군가의 푸른 희망이 된다. 내가 오늘 하루 달려온 길에는 우리네 삶의 신화가 고인돌처럼 남아있다. 하물며 내가 태어나고 자란 고향집은 말해 무엇하랴. 쓸모를 다했다며 헐고 새집 짓는 것이 능사가 아니다. 공간이 사라지면 역사도 사라지고 사랑도 사라진다. 풍경과 신화가 사라진 땅에서는 사람의 삶도 더 이상 계속될 수 없다. 누추하고 쓸쓸한 고향집에 마음이 가는 이유다.

물레방아 도는 세상

우리집이 큰집이었다.

초계 변(卞)가 우산파의 종갓집이기도 했다.

사람들은 우리집을 대추나무집 또는 빨간 대문집이라고 불렀다. 우물가에 대추나무가 있었기 때문이고, 대문을 빨간색으로 칠했기 때문이다. 대청마루의 대들보와 서까래도 붉은색이었다. 최근에 천장을 뜯어보니 붉은 기운 가득한 게 옛 모습 그대로였다. 우리집 아래에 작은집이 있었다. 작은할아버지네 집이다. ㄱ자로 지어진 한옥인데 제법 크고 넓었으며 듬직했다. 작은집 형이 마당 한쪽에 물레방아를 만들어 놓고 식당을 운영했다. 이름하여 '물레방아 가든'이었다. 작은집에 약수가 나왔기 때문에 식당을 하면 돈을 벌 수 있다는 생각을 했던 것이다. 실제로 물레방아뿐만 아니라 간이 목욕탕도 짓고 손님들에게 서비스로 목욕을 할 수 있도록 했다.

식당의 주메뉴는 닭볶음탕과 백숙이었다. 안주로 도토리묵과 파전을 손님들에게 대접했다. 작은집 형수는 요리할 때 재료를 아끼지 않았다. 그러니 진하고 담백하며 고소한 맛이 일품이었다. 식사를 한 손님들은 약수로 입가심했고, 여름철에는 목욕하며 더위를 식혔다. 더 큰 사업을 한다며 시골집을 팔고 시내로 나가면서 작은집도 헐렸다.

　　작은집이 헐리는 그 순간까지 물레방아가 돌았다. 물레방아는 방앗간에서 쌀이나 밀가루를 빻을 때 동력으로 사용했다. 그래서 시골의 방앗간에는 물레방아가 하나씩 있었다. 마을의 상징이고 문화원형이며 그리움과 사랑을 상징하지 않았던가. 이효석의 소설 「메밀꽃 필 무렵」에서 얼금뱅이 허생원이 성처녀와 첫 정을 나눈 곳도 물레방앗간이었다.

　　산업화가 시작되면서 제일 먼저 사라진 게 물레방아일 것이다. 발동기가 들어오고 기름 냄새가 요동치는 기계가 들어오면서 오랫동안 우리 고유의 삶과 멋과 추억으로 함께했던 물레방아는 쓸모가 없어졌다. 그 대신 식당이나 정원의 눈요깃거리가 되었다. 물레방아는 추억의 책장을 넘기듯 하릴없이 돌고 돌 뿐이었다.

마당 깊은 집

일본은 마당이 없다.

단독주택의 울타리 안에는 죄다 정원으로 가꾸었다.

반면에 한국의 마당에는 정원이 없다.

울타리 주변에만 돌담을 치고

나무와 꽃을 가꾸었을 뿐 마당은 그냥 마당이었다.

누구는 이를 두고 비움의 미학, 텅 빈 충만이라고 했다. 우리집도 그랬다. 대청마루에서 내려다보는 마당은 텅 비어 있지만 여백과 풍요의 경계를 넘나드는 묘미가 있었다. 울타리 너머로 보이는 마을 풍경과 산과 들은 얼마나 아름다웠던가.

마당은 비움과 채움이 끝없이 반복되는 공간이었으며 놀이와 풍류, 그리고 공동체가 무르익는 곳이었다. 부모님 결혼식도 마당에서 했고 할머니 환갑잔치도 마당에서 했다. 당신의 저승길 가는 꽃상여도 마당에서 시작했다. 가을날 벼를 쌓아 올렸던 곳도, 서리태를 까분 곳도, 한여름 무더위를 식히기 위해 평상을 깔고 부채질하며 밤하늘의 별을 세던 곳도 마당이었다.

마당은 어린 소년의 놀이터였다. 이곳에서 자치기하고 술래잡기를 하며 구슬치기를 했다. 하얀 눈이 소복하게 쌓인 마당을 보며 꿈을 키워나갔다. 마당은 어머니의 따스함과 아버지의 넉넉함이 있었고, 사랑이 싹트고 꿈이 영글며 삶의 향기가 깃든 곳이었다.

봄이면 뒷동산 살구나무에 연분홍 꽃이 구름처럼 피었다. 자욱하게 흩날리는 꽃비가 좋아 장독대에 앉아 그 풍경을 넋 놓고 바라보았다. 나뭇가지 사이로 빛이 스며들었고, 빛과 그늘의 숨바꼭질이 시작되면 나는 동네 친구들과 숲으로 달려갔다. 겨울이면 나무들이 온몸을 흔들며 울었다. 어린 나무는 자지러지는 소리로, 키 큰 나무는 밑둥까지 흔들며 깊은 울음을 토했다. 간간이 소쩍새가 울면 나도 모르게 눈물이 났다.

사는 일은 밥처럼 물리지 않는 것이라지만 때로는 허름한 식당에 가서 어머니 같은 여자가 끓여주는 국수가 먹고 싶다. 삶의 모서리에 마음을 다치고 길거리에 나서면 고향 장거리 길로 소 팔고 돌아오듯 뒷모습이 허전한 사람들과 국수가 먹고 싶다. 세상은 큰 잔칫집 같아도 어느 곳에선가 늘 울고 싶은 사람들이 있어, 마음의 문들은 닫히고 어둠이 허기 같은 저녁 눈물자국 때문에 속이 훤히 들여다보이는 사람들과 국수가 먹고 싶다….

어느 시인의 글이 내게로 왔다. 흔들리는 모든 것은 사랑이다. 꽃들은 자신의 몸 무게보다 몇백 배 무거운 땅을 비집고 꽃대를 세운다. 꽃샘추위가 와도, 태풍이 덮쳐도 온몸을 비비며 꽃을 피운다. 하늘을 나는 새들은 바람에 흔들리며 바람을 품고 자신의 날개를 쉼 없이 펼친다. 높게 날고 멀리 본다. 비바람 부는 날 집을 짓는다. 물고기는 드높은 파고를 타고 태평양을 건너 대서양을 지나 더 큰 세상을 향해 자신의 마지막 남은 비늘을 바다에 바친다. 언제나 눈뜸이다. 진정한 에토스가 필요한 이유다.

나무는 비바람, 눈보라, 빛과 어둠 모두 온몸으로 품고 일어나 새순 돋고 숲을 만들며 달콤한 열매를 맺는다. 최고의 예술, 신비로 가득하다. 불같이 치열하게 수행 정신해야 깨달음의 꽃이 피지 않는가. 그런데 그대여, 세월의 모진 풍파 앞에 흔들리며 머뭇거리는가. 좌절하는가. 무엇 때문에 구시렁대며 침을 뱉는가. 밭 가는 소는 뒷걸음질치지 않고 항구를 떠난 배는 뒤돌아보지 않는다. 견딤이 쓰임을 만드는 것을, 아프지 않고 어떤 성장도 기쁨도 아름다움도 일굴 수 없는 것을, 그리하여 가장 아름다운 꽃은 벼랑 끝에서 피어나니 흔들리는 모든 것은 사랑이다.

36

마당을 쓸며

새벽에 일어나 마당을 쓸었다.
바람이 대문을 열고 들어왔다.
바람은 숲의 비밀을 하나씩 풀어놓더니
붉게 물든 팽나무와 참나무 잎을 떨구었다.
채송화 진 장독대 주변에 도토리가 나뒹굴고 있었다.
나는 도토리만 보면 뒷산에서 도토리를 주어 떫은맛을 빼낸 뒤
가마솥에 장작불을 지펴가며 묵을 쓰던 어머니가 생각난다.
도토리묵은 춥고 배고프던 시절 우리 가족의 요긴한 간식거리였다.

어디 도토리묵뿐이겠는가. 콩밭을 지나다 보면 어머니의 손두부 맛이 그립고 고
욤나무 밑을 지날 때는 북풍한설 장독대에 꽁꽁 언 고욤 한 사발을 꺼내주시던 어머니
의 그 정성이 그립다. 서리태 까부는 촌로의 뒤태만 봐도 당신의 콩자반 맛에 군침이
돈다. 토종닭 우는 소리만 들어도 도시락 반찬으로 싸주신 계란말이가 생각난다.

다시 빗자루를 들고 마당을 쓸었다. 어둠이 가고 햇살이 눈부시게 빛나기 시작했다. 어둠과 빛의 경계에서 어머니의 쓸쓸함과 남루하고 가난했던 지난날의 상처 깃든 풍경을 본다. 당신이 그랬던 것처럼 나도 살아서 빛나는 별이 되어야겠다. 시인 문태준은 "봄은 가까운 땅에서 숨결과 같이 일더니, 가을은 머나먼 하늘에서 차가운 물결같이 밀려온다"고 했다. 봄은 설렘의 시간이고, 가을은 비옥한 시간이다. 마당을 쓸 때는 남루한 내 마음도 함께 청소한다. 계절의 풍경을 담는다.

엘렌바스는 "모든 살아있는 존재는 자기 자신이 되고자 한다. 올챙이는 개구리가, 애벌레는 나비가, 상처받은 인간은 온전한 인간이 되고자 하는 것이다"라고 했다. 그는 "삶을 사랑하는 것, 슬픔이 마치 당신 몸의 일부인 양 당신을 무겁게 할 때도, 아니 그 이상으로 슬픔의 비대한 몸짓이 당신을 내리누를 때, 내 한 몸으로 이곳을 어떻게 견뎌내지 하고 생각하면서도 삶을 사랑해야 한다"고 했다.

어떤 이는 고난을 통해 놀라운 일을 만들어낸다. 어떤 이는 고난에 치여 무너진다. 그 차이는 고난을 어떤 마음으로, 어떻게 받아들이느냐에 달려있다. 고난을 이겨내고 큰일을 이루기 위해서는 고난을 받아들이는 긍정적인 마음이 있어야 한다. 다산은 중년에 닥친 고난을 '세속의 길에서 벗어나 진정한 학문을 할 수 있는 여가'로 생각했다. 그는 "곤궁에는 운명이 있음을 알고, 형통에는 때가 있음을 알고, 큰 어려움에 처해도 두려워하지 않는 것이 성인의 용기"라고 했다.

공자는 고난이 삶에서 어떤 의미가 있는지를 생각해보며 조용히 때를 기다리는 지혜가 있어야 한다고 했다. 상처를 통해 굳어지는 맨살의 단단함처럼 견딤이 쓰임을 만드는 법이다. 어디로 가야 할 것인지 머뭇거릴 때 유년의 추억은 내게 용기가 되고 희망이 된다.

뒷동산

뒷동산에는
소나무와 참나무가 많았다.

벼농사가 풍년이면 도토리가 적게 열리고, 벼농사가 흉년이면 도토리가 많이 열린다고 했다. 늦가을이면 어른과 아이 할 것 없이 도토리를 주웠다. 물에 담가 떫은맛을 없앤 뒤 맷돌로 갈고 가마솥에 넣어 장작불로 끓이며 묵을 만들었다. 우리 가족의 겨울철 간식거리였다. 솔잎을 긁어 불쏘시개로 사용하고 솔방울이나 잔가지도 땔감으로 요긴하게 사용했다.

초등학교와 중학교 때 봄 가을 소풍 장소는 으레 초정이었다. 탕마당에서 물 한 모금 떠먹고 탕집 아저씨가 운영하는 가게에서 아이스께끼나 쫀드기 몇 개 사서 뒷동산으로 올라갔다. 이곳에서 엄마가 싸주신 김밥 도시락을 까먹고 노래 부르고 춤을 추는 등 장기자랑을 했다. 그리고 보물찾기를 했다. 선생님들이 아침 일찍 이곳에 와서 나무와 돌 틈 사이에 쪽지를 숨겼다. 어린 소년은 집이 코앞이고 이곳의 지형지물을 꿰뚫고 있었으니 어디에 무엇이 숨어있는지 죄다 알고 있었다. 눈치 빠른 놈들은 내 뒤만 졸졸 따라다녔다.

몇 해 전 뒷동산의 그 많던 참나무가 죄다 사라졌다. 누구의 짓인지, 왜 그래야 하는지 알 수 없었다. 오랫동안 민둥산으로 방치돼 있어 볼 때마다 씁쓸했다. 옛날의 풍경도 속절없고 추억도 사위어갔다. 그러더니 갑자기 포클레인이 여러 대 들어와 땅을 할퀴고 있었다. 작업하는 사람들에게 무슨 일이냐고 물었더니 전원주택단지를 조성하는 중이란다. 포클레인이 지나간 자리마다 붉은 흙이 피를 토하고 있었다. 옛 추억이 속절없이 사라지는 것 같아 화가 치밀어올랐고 허망했다.

한 그루 남아 있던 키 큰 소나무가 슬픔에 잠긴 나를 쳐다보고 있었다. 가까이 가서 물었다. 세상 이래도 되는 것이냐고, 외롭고 힘들지 않느냐고. 소나무는 아무 말도 하지 않았다. 나라도 살아서 이 모든 것을 증명할 것이라고 말없이 웅변하고 있는 듯했다. 이곳엔 더 이상 새들이 놀러 오지 않을 것이다. 짐승들의 울음소리도 들리지 않는다. 송홧가루 흩날리는 풍경도 사라진 지 오래다. 소풍 같은 놀이도 추억도 사랑도 모두 사라졌다.

대청마루

어린 소년에게 대청마루는 넓고도 포근한 연회장이었다.
천장은 세 개의 굵고 튼튼한 대들보와
그 사이를 촘촘하게 연결하는 서까래가 눈부시게 빛났고,
바닥은 콩기름 칠을 한 느티나무의 고운 결이 멋스러웠다.

대청마루에 서서 마당을 보고 대문 밖을 보는 재미가 삼삼했다. 꽃 피고 열매 맺고 낙엽 지고 눈 내리는 초정의 사계절을 품고 있었다. 대청마루는 넓은 앞문과 뒷마당으로 갈 수 있는 뒷문이 있었는데 두 문이 열려 있을 때면 소리 소문 없이 햇살과 바람이 마실 왔다. 봄이면 강남 갔던 제비가 돌아와 집을 짓고 뒷산의 소쩍새가 날아오더니 어느 날 밤 초대받지 않은 부엉이가 마실 오기도 했다.

아버지는 이따금 동네 분들을 초대해 술판을 벌였고 어머니는 홍두깨로 칼국수를 밀었다. 우리집은 칼국수를 밀 때 콩가루를 뿌렸다. 이름하여 콩칼국수였는데 고소한 맛이 끝내줬다. 어머니는 밤마다 대청마루에서 다림질과 다듬이질을 했다. 소년은 당신의 다듬이질 리듬에 따라 가슴에 손을 얹고 손가락으로 음을 맞추었다. 그 소리와 함께 잠들었다. 아버지가 마을 이장을 여러 해 맡았는데 대청마루에서 수시로 마을회의를 열었다. 이따금 인근 마을에서 손님이 오면 술상을 차려놓고 춤을 추며 놀기도 했다. 풍류가 있었던 것이다. 농사철에는 고추와 쌀 등의 곡식을 가득 쌓아 놓기도 했고 담배 농사를 할 때는 동네 여인들이 모여 담배를 색깔별로 선별하고 한 묶음씩 묶는 작업을 했다. 소년은 그곳에서 엎드려 책을 읽었다. 일기를 쓰고 노래를 불렀다. 그곳에서 소년의 꿈이 조금씩 영글기 시작했다.

오래전부터 초정은 선비들이 즐겨 찾았다. 약수를 마시며 시를 짓고 노래를 불렀다. 의암 손병희 선생은 이곳에서 구국의 결기를 다졌고, 의병장 한병수 선생은 일본군과 맞서 싸웠다. 한글학자 최현배도 세종대왕과 초정예찬을 했다. 19세기 프랑스의 도시문화를 상징하는 단어가 '플라뇌르(flaneur)'다. 플라뇌르는 열정적으로 끊임없이 방랑하고 산책하며 자신의 내면을 찾아 나서는 사람이다. 아름다움은 자신이 반드시 해야 할 일을 깨달아 알고 그것을 행동으로 옮길 때 자신의 몸에 배어들기 시작하는 아우라를 말한다.

담배 건조실

집집마다 흙벽돌을
쌓아 올린 담배 건조실이 있었다.

담배 농사는 마을 사람들의 가장 큰 소득원이었는데 동네에서 우리집이 가장 많은 담배를 지었다. 당연히 담배 건조실도 제일 컸다. 아버지는 도면 한 장 없이 눈대중으로 10m가 더 되는 높이의 흙벽돌 건물을 지었다. 석탄 아궁이를 만들고 건물 밑동에 숨통을 넣었다. 건물 맨 꼭대기에 우뚝 솟은 지붕의 눈부신 자태와 붉게 빛나는 황토벽의 풍경은 지금도 잊을 수 없다.

담배 농사는 이른 봄부터 늦은 가을까지 이어진다. 춘삼월 비닐하우스에 씨를 뿌려 싹을 키운 뒤 오월쯤 솔뫼밭에 고랑을 내고 비닐을 씌어 어린 묘를 하나씩 심었다. 사람 키만큼 자라고 푸른 잎이 절정에 달하면 밑에서부터 잎을 따서 건조실로 가져갔다. 담배를 따는 날이면 끈끈하고 후터분한 열기로 가득했다. 그때마다 온 가족이 나서는 것도 모자라 마을 사람들이 동원됐는데 찐득한 진물과 땀방울이 뒤범벅이었다. 어린 소년도 한몫 거들었다.

담뱃잎을 건조하는 일은 진한 땀방울 없이는 불가능하다. 담뱃잎 등을 새끼줄에 꼬아 발을 만든 뒤 사다리 타고 올라가 길게 엮은 담뱃발을 건조실 맨 위부터 층층이 늘여 달았다. 아버지는 아궁이에 장작불을 지핀 뒤 흙에 갠 무연탄을 한 삽 한 삽 떠 넣었다. 그러고는 건조실 옆에 잠자리를 꾸렸다. 밤낮없이 꼬박 닷새 동안 불을 조절해야 했기 때문인데, 불 조절을 잘해야만 황금색 최고등급이 나온다. 이렇게 일곱 번 정도 담배를 따고, 담배를 건조시켰다.

이제부터는 동네 여인들의 몫이다. 마른 담뱃잎은 대청마루로 옮겨져 노란색에서부터 갈색에 이르기까지 색깔과 길이별로 분류했다. 일명 '담배조리'였는데 동네 여인들의 몫이었다. 가위로 갈색 점박이를 잘라내고 손에 잡힐 만큼 매끈하게 꼭지를 짓는 일을 했다. 대청마루에서는 여인들의 수다스러운 이야기가 분 냄새와 지독한 담배 냄새가 뒤섞여 소년의 방인 사랑방까지 끼쳐와 정신이 혼미한 적도 있었다.

늦가을 어느 날, 아버지는 그렇게 한 해 농사의 풍요가 두툼하게 쌓여있는 담뱃단을 구루마에 가득 싣고 내수로 갔다. 담배 수매하는 날인데 등급에 따라 희비가 엇갈리지만 우리집 최고의 목돈을 만지는 날이었다. 해질 무렵 아버지는 텅 빈 구루마에 소고기 한 근과 아들의 고무신을 싣고 집으로 왔다.

돌이켜보면 담배 건조실은 자연과 옛 사람의 지혜로 빚은 최고의 예술이다.

도면 한 장 없이 군더더기 덜어낸 완벽한 건축이다.

마을의 멋진 풍경화였으며 이야기가 가득 담긴 곳간이었다.

아버지의 땀내 서린 발돋움의 공간이었고

당신의 든든한 어깨가 돋보이는 곳이었다.

공동체의 가치가 깃들어 있었고 살아야 하는 이유가 거기에 있었다.

아련한 추억과 그리움도 희망이 아니던가.

내 친구 먹바위

의겸, 한수, 성룡, 오원, 성길….
옥선, 경화, 순남, 상순, 상주, 대섭, 용권….

시골 동네에는 여러 명의 친구가 있었다. 세월이 흘러 고향을 떠나 시집 장가가고 제 갈 길 갔지만 옛 모습 그대로 변함없이 고향을 지키고 있는 친구가 있다. 바로 먹바위다. 먹바위는 시골집 앞 탕마당에 보초를 서듯 항상 제자리에 있었다. 그 모습이 얼마나 늠름하고 든든했던지 볼수록 믿음이 갔다. 정겹기도 했고 다정하기까지 했으니 최고의 친구였다. 술래잡기하고 병정놀이할 때 먹바위는 소년을 숨겨주는 데 서슴지 않았다. 친구들과 총싸움을 할 때는 은폐와 엄폐를 하는 데 최고였다. 학교에서 돌아오면 제일 먼저 먹바위가 마중 나왔다. 아이스께끼를 먹고, 라면땅을 먹고, 딱지치기할 때도 먹바위가 옆에 있었다. 앞 동네로 수박 서리를 하러 가던 그날 밤도 먹바위는 별 탈 없이 돌아오기만을 기도하며 기다렸다.

이따금 형제들과 심하게 다툰 뒤 울먹거리면 먹바위는 어서 오라며 손짓했다. 내 곁에서 하고 싶은 말 다 하고, 울고 싶으면 마음껏 울며, 가슴에 맺힌 응어리를 풀라며 내 가슴을 도닥거렸다. 소년은 웅변을 했다. 전국대회에 나가서 금메달도 여럿 땄는데 그때마다 먹바위 위에 올라가 두 주먹을 불끈 쥐며 연습을 했다.

초정리에는 제법 큰 바위가 여럿 있다. 그중 하나가 초정고개에 있는 한봉수바위다. 의병장 한봉수가 왜놈들과 싸울 때 바위에 숨어 적들을 기다렸다. 적들이 오면 날렵하고 용맹스런 기개로 왜놈들을 무찔렀다. 그래서 동네 사람들은 한봉수바위라고 이름 지었다. 구녀성 고개에도, 서낭당 고개에도 저마다의 사연을 간직한 바위들이 있었다.

소년이 자라 청년이 되면서 시골을 떠났다. 자연스레 먹바위에 대한 그리움과 추억도 사위어갔다. 그런데 30년 만에 고향에 첫발을 내딛던 그날, 먹바위가 제일 먼저 반겼다. 세월이 건들마처럼 흘러갔어도 변함없이 고향을 지키고 있었다. 어서 오라고, 참 잘 왔다고, 예전처럼 잘 지내자고 내게 말을 건네는 것 같았다. 불가에서는 친구를 도반(道伴)이라고 한다. 진리를 추구하는 길동무다. 먹바위도 내겐 도반이나 다름없다.

돼지우리와 삼겹살집

마을 끝자락에
돼지우리가 있었다.

처음에는 집 옆에 있었는데 번식력이 강해 개체 수가 늘어나자 아버지는 돼지우리를 마을 끝자락으로 옮겼다. 소년은 학교 갔다오면 리어카를 끌고 동네 초입부터 끝집까지 잔반을 수거했다. 많고 많은 자식 중에 왜 하필 나한테 냄새나는 고된 일을 시키는지 아버지를 원망하기도 했다. 어디 이뿐인가. 소년은 음식 찌꺼기를 돼지들에게 배식해준 뒤 장화를 신고 우리 안으로 들어가 돼지똥 치우는 일을 해야 했다. 겨울에는 그나마 견딜 만했지만 여름에는 지옥이 따로 없었다. 냄새나고 질퍽거렸으며 한눈팔면 돼지들이 우리를 뛰쳐나와 한바탕 전쟁을 치러야 했다.

그런데 언제부턴가 소년은 돼지 키우는 재미가 솔솔 끼쳐왔다. 동네에서 제일 부지런한 아이라며 어른들이 칭찬하고 돼지우리도 제일 깨끗하다고 했다. 아랫동네 윗동네 할 것 없이 소년이 키운 돼지가 제일 맛있다는 소문도 났다. 담백하고 부드러운 육즙이 입안을 가득 감싸는 맛이야말로 일품이란다. 씹으면 씹을수록 침샘을 자극하고 구수한 맛까지 더해져 많이 먹어도 질리거나 거북하지 않다고 입을 모았다. 소년은 용기백배하여 새끼 치는 일과 수퇘지 거세하는 일까지 배워 혼자서도 쑥쑥 잘 해냈다.

그러던 어느 날, 아버지가 양복을 곱게 차려입고 청주를 다녀오더니 중앙공원 골목의 삼겹살집을 인수했다. 식당 이름은 '귀로(歸路)'였다. 그날 이후 시골에서는 이틀이 멀다하고 돼지를 잡아야 했다. 아버지는 돼지고기와 초정약수, 그리고 텃밭에서 가꾼 채소류를 트럭에 싣고 식당으로 가져갔다. 저녁때마다 식당은 문전성시였다. 어머니가 산속에서 직접 채취해 만든 효소와 생강 등을 첨가한 간장소스에 고기를 살짝 담근 뒤 연탄불로 구어먹는 맛은 인근의 삼겹살집이 감히 흉내 낼 수 없는 '귀로'만의 비장한 무기였다.

게다가 초정약수로 입가심을 했으니 소문은 꼬리에 꼬리를 물기 시작했고 문밖까지 손님들이 줄 서 있었다. 그 비결은 간장소스와 육질 좋은 고기와 초정약수에 있었다. 고단한 서민들의 삶에 새로운 활력과 에너지를 주기에 충분했다. 어머니는 배추와 무, 마늘과 상추를 더 많이 키워야겠다며 기뻐했다. 자식들 학비걱정 덜 수 있고 이따금 시내 구경도 할 수 있으니 앞으로는 공부만 열심히 하면 된다는 것이다.

사람의 일이든, 자연의 일이든 아름다움은 결코 쉽게 이루어지지 않는다. 그날도 아버지는 자정이 넘어서야 집으로 돌아왔다. 소년이 꿈나라에서 여행을 즐기고 있는데 아버지의 고함소리와 어머니의 흐느낌이 찢어진 창호지 사이로 쏟아지기 시작했다. 소년은 이불을 푹 뒤집어쓰고 밖의 이야기에 귀를 기울였다. 아버지는 가게 운영을 놓고 동업자와 한바탕 실랑이를 벌인 뒤 이것저것 따지거나 묻지도 않고 모든 운영권을 포기하기로 했다. 어머니는 저 많은 돼지들은 어떻게 할 것이냐며 걱정이 태산이었다.

보름달의 실루엣이 차고 슬프게 창호지에 어른거렸다.
그날 이후 아버지는 돼지를 잡는 일도,
시내를 나가는 일도 없이 초야에 묻혀 살았다.

장작과 화로

동네에서는 부엌의 아궁이를
고쿠락이라고 불렀다.

크고 묵직한 무쇠솥이 여러 개 있었는데 저마다의 쓰임이 달랐다. 고쿠락에 불을 지피기 위해서는 가벼운 불쏘시개가 필요하지만 무쇠솥을 달굴 때는 묵직한 장작이 필요하다. 불 조절을 잘해야만 밥이 타지 않는다. 부지깽이가 필요한 이유다. 가끔 연기가 굴뚝으로 빠져나가지 않고 아궁이에서 맴돌거나 부엌으로 되몰아칠 때가 있다. 바람의 영향 때문이기도 하지만 재가 많거나 굴뚝에 문제가 생겼기 때문이다. 재를 걷어내고 굴뚝을 청소해야 한다. 그래서 가끔 굴뚝을 전문적으로 뚫어주는 사람이 동네를 한 바퀴 돌며 "굴뚝 뚫어!"를 외치기도 했다.

아버지는 겨울이 오기 전에 해야 할 일이 있었다. 장작을 준비하는 일이었다. 장작을 많이 준비해야 기나긴 겨울을 따뜻하게 보낼 수 있다. 승어골에서 소나무와 참나무 등을 베어왔다. 톱질로 어른 팔뚝만 하게 자른 뒤 도끼로 장작을 팼다. 작은 것은 이등분, 큰 것은 사등분으로 팼는데 도끼질할 때마다 "쩌억 쩌억" 나무 갈라지는 소리가 요란했다. 장작은 부엌에서 가까운 마당 한쪽에 쌓아 올렸다. 장작을 가득 쌓아 올렸을 뿐인데 마음까지 든든했다.

아궁이에서 붉게 타오르던 숯을 모아 화로에 옮겨 놓는 일이 많았다. 산촌의 겨울은 춥고 배고프다. 숯을 화로에 담은 뒤 안방과 사랑방으로 가져갔다. 방 안을 훈훈하게 달구기 위해서다. 뚝배기의 찌개가 식으면 화로에 올려놓고 끓였다. 고구마와 밤을 구워 먹기도 했다. 부젓가락은 불을 헤쳐놓을 때 사용하고 인두는 숯과 재를 다독거릴 때 사용했다. 목욕 한 번 제대로 할 수 없었던 시절이었으니 몸에 이가 많았다. 겨울철엔 형제들이 화롯가에 앉아 이를 잡기도 했다. "질화로에 불이 식어지면 빈 밭에 밤바람 소리 말을 달리고"라는 시구가 낯설지 않은 이유다.

불의 무덤인 아궁이에서 나온 숯은 요긴하게 쓰였다. 묵은쌀로 밥을 할 때 숯을 넣으면 잡내를 없앨 수 있었다. 솥뚜껑에 올려놓으면 열이 골고루 번지기 때문에 밥이 잘 지어졌다. 장독대의 간장독에 숯을 넣었다. 잡내를 없애고 독성을 잡아주기 때문이다. 외양간의 암소가 새끼를 낳으면 대문에 금줄을 걸었는데 그때도 숯을 사용했다. 사그라져가는 불덩이 하나도 그냥 버리지 않았다. 삶의 양식이 되고 문화가 되었으며 희망의 불씨가 되었다.

월가의 전설 짐 로저스는 다른 사람과 다르게 사고하면 예전에 보지 못한 것을 보게 된다고 했다. 그것이 성공으로 가는 첫걸음이라는 것이다. 만약에 주변 사람들이 자신의 생각을 무시하거나 비웃는다면 큰 기회를 잡았다고 생각하면 된다. 지금까지 다른 사람과 똑같이 행동해서 성공한 사람은 단 한 명도 없었기 때문이다.

그래서 미래학자 다니엘 핑크는 새로운 미래의 조건으로 디자인, 스토리, 조화, 공감, 놀이, 의미 등 여섯 가지를 강조했다. 미셸 루트번스타인은 천재들이 활용한 창조적 사고를 분석한 결과 13가지의 생각을 위한 도구가 있음을 확인했다. 관찰, 형상화, 추상화, 패턴인식, 패턴형성, 유추, 몸으로 생각하기, 감정이입, 차원적 사고, 모형 만들기, 놀이, 변형, 통합이 바로 그것이다. 내가 보고 있는 사물 하나하나를 고정관념으로 보지 않고 새로운 시선으로 보려는 노력이 필요한 이유다. 나는 초정리 풍경을 통해 세상을 보았고, 문화를 꿈꾸었다.

소달구지

사람이 끄는 것은 손수레,
소가 끄는 것은 소달구지라고 했다.

나무를 깎아 짐을 실을 수 있는 공간을 만들고 양쪽에 두 개의 쇠바퀴를 달았다. 틀과 첫다리를 따로 만들어 이어 붙인 후 이를 소 등의 길마에 얹어 소가 몸으로 끌도록 하는 방식이었는데 담배나 볏단 등 농작물을 실어 나를 때 없어서는 안 되는 짐차였다.

동네에 버스가 들어오기 전에는 소달구지가 소중한 교통수단이었다. 내수 읍내로 곡식을 내다 팔 때도 소달구지가 필요했고, 장을 보러 갈 때 아랫집 윗집 짐까지 실을 수 있어 요긴하게 쓰였다. 가끔은 덜컹거리는 소달구지를 타고 세상 구경 나가기도 했다. 마을 골목길을 지나 신작로로 나가면 드넓은 산과 들과 강줄기가 별천지처럼 펼쳐졌다. 소는 뒤돌아보지 않고 뒤뚱거리며 걸었다. 소의 똥꼬는 왜 이리 큰지, 툭하면 길을 가면서 똥을 쌌다.

집에서 초등학교까지 10리를 걸어야 했다. 오가다가 소달구지를 만나면 올라탔다. 호기심이 발동한 소년은 새총에 작은 돌멩이를 넣고 똥꼬를 향해 힘차게 쏘아 올

렸다. 깜짝 놀란 소가 움찔할 때는 짜릿함에 배꼽을 잡고 키득거렸다. 어린 시절 소달구지는 단순한 추억 그 이상의 것이었다. 소달구지에 소년의 꿈을 싣고, 사랑과 추억을 싣고, 별과 달도 싣고 달렸다. 천지가 전부 내 것이 아니었던가.

농경사회에서는 소를 아주 귀하게 여겼다. 짐을 실어 나를 때도, 논과 밭을 갈 때도, 사람들이 먼 곳을 오갈 때도 필요했다. 자식들 대학 보낼 때는 소 한 마리를 팔았다. 예나 지금이나 소 한 마리 값이 대학 등록금이었다. 돼지에게는 사람들이 먹다 남은 찌꺼기를 먹였지만 소는 쌀겨를 섞어 쇠죽을 끓여 먹였다. 특별한 영양식을 준비한 것이다. 집에 송아지가 태어나면 금줄을 걸었다. 축복이자 신성함을 상징하기 위해서다.

강은 자신의 물을 마시지 않고, 나무는 자신의 열매를 먹지 않으며, 꽃은 자신을 위해 향기를 퍼뜨리지 않는다. 오직 자연은 스스로 그러할 뿐이며, 세상의 풍경이 될 뿐이다. 나의 삶은 어떤가.

안골, 솔뫼, 승어골

시골집 뒤에 있는 깊은 골짜기를
안골이라고 불렀다.

길고 꾸불꾸불한 다랑이 밭을 끼고 좌측은 소나무 숲이었고, 우측 동산은 배밭
이었다. 아버지는 골짜기 밭에 사과나무를 심었다. 사월 초쯤 안골은 꽃들의 낙원이
었다. 소년은 꽃향기에 취해 사과밭과 배밭을 나비처럼, 벌처럼 뛰어다녔다. "동구 밖
과수원 길 아카시아꽃이 활짝 폈네." 노래 '가수원길'의 가사처럼 골짜기에 아카시아
나무가 가득했다. 꽃향기를 맡으며 꽃술을 쪽쪽 빨았다. 향긋한 꿀맛을 보니 이곳이
천국이었다. 보름달이 환하게 비추던 가을밤, 과수원에 누워 하늘을 보았다. 둥근 달
이 환한 웃음을 지으며 소년에게로 왔다. 별들이 무진장 쏟아졌다. 안골은 달이 뜨는
곳, 달밭이었다.

솔뫼는 초정에서 호명리로 넘어가는 고갯마루다. 소나무 숲이 많았고 그곳에
꽤나 넓은 밭이 있었다. 그중 상당수가 우리 것이었다. 담배와 뽕나무를 심었고 콩과
옥수수가 가득했다. 봄에는 거름을 주고 묘종을 심었다, 여름에는 잡초를 뽑고 약을
주었다. 가을에는 곡식을 실어 날랐다. 지게로, 소달구지로, 리어카로, 경운기로⋯. 소

년은 가르마 같은 그 길을 하루에도 몇 번씩 오갔다. 어르신들의 일을 도와주기 위해 오갔고, 친구들과 놀기 위해 오갔다. 어른들은 막걸리 심부름을 시켰다. 주전자를 들고 가다가 언덕배기에서 넘어졌다. 주전자에 주둥이를 집어넣고 홀짝홀짝 마시기도 했다.

승어골은 임금이 오르던 골짜기다. 세종대왕이 행궁을 짓고 요양을 할 때 이따금 이곳을 찾았다는 구전이 전해지면서 승어골이라는 이름이 붙여졌다. 골짜기 입구에 약수터가 있었다. 꽤 큰 우물이 두 개 있었고, 우물에서 내려오는 약수를 받아 마실 수 있는 샘터도 있었다. 소년은 친구들과 함께 승어골 계곡에서 가재를 잡고 천렵도 했다. 아버지와 함께 지게를 지고 올라가 나무를 베었다. 땔감을 마련하기 위해서다. 그곳의 약수터는 승어골을 오가는 사람들의 고단한 삶을 달랬다. 목마른 사람에게는 시원하고 알큰한 맛을, 삶에 지친 사람에게는 휴식과 위로를 주었다. 이따금 토끼와 노루가 내려와 목을 축였다. 그날의 일을 회상한다. 나도 당신처럼 나라를 생각하고 백성을 생각하며 누군가의 희망이 되겠노라 다짐하지 않았던가.

나의 밤, 나의 사랑

고요한 밤,
거룩한 밤이다.

풀숲에서 귀뚜라미 우는 소리가 나고 별과 달이 밤하늘을 수놓는다. 그렇게 가을도 깊어간다. 오늘따라 밤하늘이 눈부시게 파랗다. 파란 하늘엔 순두부처럼 하얀 구름이 가득하고 그 사이로 만삭의 달이 눈부시게 아름답다. 누구는 이 밤을 사랑으로 지새울 것이고 누구는 그리움으로 눈물을 훔칠 것이다. 누구는 이 밤을 고독과 절망의 밤이라며 치를 떨 것이고 누구는 시를 쓰거나 달밤에 춤을 출 것이며 누구는 어둠 저편에 있는 새날에 대한 설렘으로 희망의 단꿈을 꿀 것이다.

나의 밤, 나의 가을은 어떠한가. 증오의 밤인가 축복의 가을인가. 가슴 뜨거운 사랑, 진한 땀방울을 흘리고 있는가. 그리하여 이 밤의 찬란한 추억을 기념하고 있는가. 내 마음의 호수에도 별과 달이 빛나고 있는가. 내가 사랑하는 사람은 어디에 있는가. 잠이 오지 않는 이 밤, 백석 시인의 낡은 시집을 펼쳤다. "아, 이 반가운 것이 무엇인가. 이 희스무레하고 부드럽고 순수하고 습습한 것이 무엇인가. 겨울밤 쩡하니 익은 동치미국을 좋아하고, 싱싱한 산꿩고기를 좋아하고, 담배 내음새 산수 내음새 또 수육을

삶는 육수국 내음새를 좋아하는 이것은 무엇인가. 이 조용한 마을과 이 마을의 의젓한 사람들과 살뜰하니 친한 것은 무엇인가. 이 그지없이 고담(枯淡)하고 소박한 것은 무엇인가."

슬프지만 찬란한 이 밤, 찻잔에 뜬 달 하나에 내 마음을 맡긴다. 별처럼 달처럼 나의 사랑도 끝이 없다. 소설가 이병주는 햇볕에 바래면 역사가 되고 달빛에 물들면 신화가 된다고 했다. 나의 삶은 역사일까, 신화일까. 자작자수(自作自受). 행복이란 스스로 지은 만큼 스스로 받는다는 뜻이다. 시인 루이 아라공은 인간만이 내일을 위해 살고 미래를 생각해낸다고 보았다. 인간만이 자기의 그림자를 내려다본다는 것이다. 인간만이 자신의 손이 닿지 않는 늑골에 외로움이 자란다. 오르텅스 블루의 시 '사막'에는 "그 사막에서 그는 너무도 외로워 때로는 뒷걸음질로 걸었다. 자기 앞에 찍힌 발자국을 보려고"라며 외로움을 노래했다. 김춘수의 시 '꽃'은 "내가 그의 이름을 불러주기 전에는 그는 다만 하나의 몸짓에 지나지 않았다. 내가 그의 이름을 불러주었을 때 그는 나에게로 와서 꽃이 되었다"며 존재의 가치를 담았다.

길을 나서며

늘 목이 말랐다. 자유에 대한 목마름, 사랑에 대한 목마름,
권력과 자본과 욕망에 대한 목마름이 내 주변을 어슬렁거렸다.
이따금 외로움이라는 목마름에 치를 떨기도 했고
아직 오지 않은 새날에 대한 두려움과 호기심의 목마름에 밤잠을 설치기도
했다.

타는 목마름으로 길을 나설 때마다 나는 누구이고 무엇 때문에 여기에 와 있는
지, 그리고 어떻게 살아야 할지 스스로 묻고 또 물었다. 그 누구 하나 내게 어떻게 살
것인지 정답을 주는 사람 하나 없었다. 그저 자신의 시선에서 잘난 척, 아는 척, 위로
하는 척하는 사람들뿐이었다.

그럴 때마다 고향으로 발길을 옮긴다. 몸도 마음도 기진해 있을 때. 불혹을 지
나 지천명에 들어서면서부터는 옛 생각이 더욱 사무친다. 그래서 고향을 찾게 된다.
내 고향이 아니어도 시골마을에 들어서면 어린 시절의 시리고 아팠던 삶의 풍경이 주
마등처럼 스쳐 지나갔다. 느티나무 바람이 어깨를 스치기만 해도 눈물이 쏟아졌다.

인간은 근원에 대한 뿌리 깊은 향수를 지니고 있기 때문이다. 등 따습고 배부를 때보다 춥고 배고프던 때의 어린 시절 추억이 가장 아프고도 즐거운 추억이다. 자연도 북풍한설과 태풍을 딛고 일어섰을 때 그 상처가 더욱 눈부시게 빛나는 법이다. 생명과 직결된 문제이기 때문이고 본능이기 때문이다. 인간이든 사람이든 본질에 충실할수록 아름다운 법이다.

초정리의 풍경이 아름다운 것도 이 때문이다. 30년 만에 고향 땅을 밟았을 때 "아, 나의 고향, 나의 조국, 나의 대지여"라며 탄성을 질렀다. 어린 시절 뛰어놀던 탕마당의 팽나무가 마중 나왔고, 내 친구 먹바위도 어서 오라고 손짓했다. 구녀산의 푸른 기운이 밀려왔다. 그 앞으로 황금들녘이 펼쳐졌다. 초정리와 교자리 마을을 한 바퀴 돌았다. 안으로 들어가니 수백 년 수령의 보호수와 돌담과 계곡의 물과 낡고 빛바랜 집들이 있었다. 마을 사람들은 오랫동안 이곳에서 마을의 안녕을 기원하는 의식을 가졌다. 애비의 애비의 애비 적부터 그렇게 했다. 신령스러움이 끼쳐오는 나무 앞에서 경건함의 옷깃을 여미는 게 인간이다. 나약하지만 간절하지 않은가.

텃밭에서 씨를 뿌리는 농부와 곡식을 거두는 늙은 부부, 그리고 홍시가 붉게 빛나는 풍경 모두 한 폭의 그림 같았다. 새까맣게 타들어 가던 내 마음이 어느새 유순해지고 촉촉해졌다. 잠시 잊고 지냈던 어린 시절의 풍경이 스며들더니 옆구리가 저렸다.

벌새는 1초에 90번이나 제 몸의 날개를 쳐서 공중에 부동자세로 서고, 파도는 하루에 70만 번이나 제 몸을 쳐서 소리를 낸다. 치열하게 아프면 그 아픔이 새로운 국면을 연다. 나는 하루에 몇 번이나 내 가슴을 치고 있는가.

고향이 그리워

무엇을 할지 망설일 때
삶에 지쳐 몸과 마음 모두 부려놓고 싶을 때
심드렁한 마음에 게으름 피울 때
제일 먼저 나의 두 손이 멋쩍은 표정을 한다.

"주인님, 무엇 때문에 머뭇거리는 것인가요? 나 어쩌란 말입니까?"라며 두 개의 손바닥과 손등이, 열 개의 손가락이 꼼지락거린다. 그럴 때마다 내 마음도 미안해 갈피를 못 잡는다. "난들 이러고 싶겠냐, 나도 내 맘 같지 않다"며 투정부리고 싶고 누군가에게 기대고 싶다. 그래서 손톱을 깎으며, 손을 씻으며, 손바닥과 손등을 비비며 너를 볼 때마다 미안하다. 나는 너를 위해 한 것이 아무것도 없는데 너는 나를 위해 밤낮없이 고생만 하지 않았던가.

늙고 병든 어머니의 두 손을 보듬으며 당신의 살아있음을 증명하고 따뜻한 온기를 전해 준 것도 네가 아니던가. 하루 세끼 황홀한 여행을 허락한 것도, 예쁜 딸들의 볼을 어루만져준 것도, 하늘을 나는 새와 빛나는 별과 눈부신 아침과 오종종 예쁜 꽃을 향해 손을 흔든 것도 네가 아니던가. 사랑하는 그대의 손을 잡은 것도 너였고 책장을 넘긴 것도, 무대를 향해 박수를 친 것도, 친구와 함께 건배를 외치며 노래방에서 마이크를 제일 먼저 쥔 것도 너였다. 부지깽이를 들고 신작로와 뒷동산을 바람처럼 햇살처럼 뛰어다니던 어린 추억도 너로부터 시작되었다. 누런 콧물을 닦아내던 것도, 춥고 배고픈 설움에 쏟아지는 눈물을 훔친 것도, 그날 저녁 참외 서리를 한 것도, 뒷밭에서 똥을 싸고 깻잎으로 똥구멍을 닦을 때 진동하는 냄새를 맡으며 침을 뱉은 것도 너였다.

두레박으로 물을 길어 올리고 세수를 하며 살아야겠다는 다짐을 한 것도, 은행에서 침 발라가며 지폐를 센 것도, 돈 빌리기 위해 여기저기 다니며 구걸한 것도, 몽당연필 꾹꾹 눌러가며 사랑의 편지를 쓴 것도, 책장을 넘긴 것도, 숙제를 하지 않아 선생님께 회초리로 맞은 것도, 첫사랑의 달콤한 추억도, 빛나는 하루를 시작한 것도, 북풍한설의 추위에 살갗 부르트는 성장통을 겪은 것 또한 네가 아니던가.

오늘 문득 굳은살 박인 나의 두 손을, 열 개의 손가락을 바라본다. 내게는 그 무엇보다 소중한 너. 자나 깨나, 추우나 더우나, 좋든 싫든 언제나 내 삶의 최전선에서 목표를 향해 묵묵히 주어진 일을 마다하지 않았다. 늘 만지고 다듬으며 보듬는 손이지만 오늘은 좀 더 가까이, 좀 더 깊이 들여다보았다. 나의 두 손에, 열 개의 손가락에 내 삶의 신화가 묻어 있다.

성당에서 두 손을 모아 기도하며 눈물을 훔친 것도, 아프지 않게 해달라고, 아프더라도 조금만 아프게 해달라고 애원한 것도, 길거리에서 쓰러진 악동을 일으켜 세운 것도, 호미를 들고 밭으로 가서 풀을 뽑고 새싹을 키우며 생명의 위대함을 찬미한 것도 너였다. 너는 언제나 어디서나 내가 가는 그곳에 있었고, 내 마음에 있었으며, 비루한 삶의 중심에 있었다.

지천명을 넘어 이순을 바라보니 고향이 더욱 그립다. 나도 모르게 고향을 생각
하며 눈물을 훔치고, 나도 모르게 운전대를 잡고 달려온 곳이 고향 땅이다. 잡초만 무
성한 마당을 한 바퀴 돌면서 주름진 손등을 보았다. 고맙다는 말, 미안하다는 말조차
사치라는 것을 왜 모르겠냐만 그래도 고맙다. 사랑한다. 오늘은 정말로 미안하구나.
내가 너를 위해 한 것이 아무것도 없으니, 남은 날은 너를 위한 여백을 만들어야겠다.
부끄럽지 않은 삶, 후회하지 않은 삶, 내 두 손에 삶의 향기 가득하도록 힘써야겠다.

가족

아버지 형제는
8남매였다.

고모가 셋, 아버지와 삼촌이 다섯이다. 세월과 함께 이분들도 하나씩 세상을 떠났고 지금은 고모 한 분과 삼촌 한 분만 살아계신다. 올 초에 큰고모께서 돌아가셨다. "밥도 안 잡숫고 기운이 하나도 없는 것이 이상하다"는 말을 듣고 달려갔다. 안방에 누워서 눈만 뜨고 있었다. 고모는 그날 밤 돌아가셨다. 증평 도안으로 시집가서 딸 다섯에 아들 하나 잘 낳아 잘 키우고 행복하게 살다 가셨다. 장례식장에서 가족들과 입관식을 지켜보았다. 당신의 마지막 모습은 아프지도 않았고 애달프지도 않았다. 미련도 아쉬움도 없었다. 곱고 예쁜 모습 그대로였고 평안해 보였다. 당신은 꽃처럼 나비처럼 햇살처럼 살다 가노라며 살아있는 자의 마음을 되레 격려하는 듯했다. 당신의 입술에 꽃잎이 피었다. 죽음 너머에도 희망이 있음을 확인했다.

아버지는 1987년 초가을에 돌아가셨다. 오랫동안 신경성 소화불량으로 '노루모'를 달고 살았는데 끝내 이겨내지 못했다. 춥고 가난한 시대를 살면서 뜻한 바를 일구지 못한 것이 한이 되었을까. 마을 이장도 하고, 청년회장도 했으며, 새마을지도자도 했다. 동네의 크고 작은 일 마다하지 않았다. 자식들 대학까지 보내기 위해 고된 농사일에 소와 돼지도 적잖게 길렀다. 대학 등록금 낼 때마다 소 한 마리씩 팔아야 했고, 어렵게 사들인 전답까지 팔 때도 있었다.

당신의 삶에는 그늘진 곳이 많았다. 행복한 모습보다 슬픔과 미련과 아쉬움이 더 많았다. 아마도 정치를 하거나 도시에서 큰일을 하겠다는 꿈이 이루어지지 않았기 때문이리라. 그래도 해 뜰 날 있겠다는 희망 하나로 견뎠지만 지천명이 되던 해에 운명을 달리했다.

아버지 형제들은 가난했지만 성실했다. 시대가 그랬으니 시름 깊은 삶을 살 수밖에 없었지만 희망의 끈을 놓지 않았다. 인천 부둣가에서 구두닦이로 돈을 벌면서 학교 다닌 분도 계셨고, 서울의 골목길 슈퍼에서 배달일을 하면서 성공의 노둣돌을 놓기도 했으며, 장돌뱅이 인삼장사를 하며 희망을 빚기도 했다. 주경야독(晝耕夜讀)으로 학교 다니고 취직을 했으며 가정을 꾸렸으니 이 땅의 전형적인 자수성가형 가족이다. 아픔을 딛고 일어서는 용기와 지혜, 그리고 정직하게 살고자 하는 진심이 있었다.

하늘이 장차 그 사람에게 큰 사명을 내리려 할 때는, 먼저 그의 심지를 괴롭게 하고, 뼈와 힘줄을 힘들게 하며, 육체를 굶주리게 하고, 그에게 아무것도 없게 하여 그가 행하고자 하는 바와 어긋나게 한다. 마음을 격동시켜 성질을 참게 함으로써 그가 할 수 없었던 일을 더 많이 할 수 있게 하기 위함이다. 맹자의 말이다. 견딤이 쓰임을 만든다고 했다. 모진 비바람을 견딘 대지를 보라. 얼마나 아름다운가. 풍요의 노래는 그냥 불려지지 않는다.

바람이 분다

성실한가. 열정이 있는가. 겸손한가.
지금 누구와 함께하는가.

돌이켜보면 나의 삶은 온통 상처와 시련의 연속이었다. 20대에는 사회에 첫발을 내딛으면서 질풍노도와 같은 삶을 살았다. 군대 가기 4일 전에 아버지가 돌아가셨으니 그다음부터 어떤 일들이 전개되었는지는 굳이 설명하지 않아도 감이 올 것이다. 30대에는 가난한 청년이 결혼을 하고 세 명의 딸을 낳았다. 새벽에 출근하고 밤늦게 퇴근해야 하는 직장생활에 몸과 마음 모두 녹초가 되었다. 40대에는 실직과 함께 다시 시작한 새 직장은 그야말로 퇴로가 없었다. 지역에서 크고 작은 문화행사를 총괄하는 중책을 맡았기 때문에 그 책무감은 시시각각 내 어깨를 짓눌렀다. 지천명을 넘어 이순을 향하고 있는데도 마음 편한 날이 없다.

열심히 살았으니, 최선을 다해 여기까지 달려왔으니 쨍하고 해 뜰 날 있겠지 싶었지만 나아진 게 하나 없다. 어머니는 독사에 물리더니 뇌출혈로 쓰러져 수년째 병원에 계신다. 그러니 집안의 대소사를 모두 챙겨야 했다. 행복하게 살겠노라, 멋지게 살아보겠노라 다짐했지만 책임져야 할 일이 적지 않았다. 가정의 일, 학교의 일, 지역

사회의 일⋯. 그러던 중 혈당수치가 680까지 올라 난생처음 병원 신세를 져야 했다. 나는 병원에서 눈물을 흘리며 기도했다. "하느님, 제게 왜 이러는 것입니까. 열심히 살려고 발버둥치는 제게 왜 이런 시련을 주는 것입니까."

이따금 내 등에 짊어진 짐이 너무 무거워 죄다 부려놓고 싶기도 했다. 여기가 아니면 어디든 좋다며 도망가고 싶었다. 그럴 때마다 무디어진 내 가슴을 때리는 소리가 들렸다. "인생을 가르쳐주려고 그랬어. 자만하지 않고 현실에 안주하지 않으며 늘 깨어있기를 바랐어." 나는 알았다. 나는 굶어 죽지 않을 만큼의 돈과 허세 부리지 않을 만큼의 자리와 자만하지 않을 만큼의 건강을 선물 받았다는 것을. 그리고 내게 주어진 책무를 소리 없이 몸소 행동으로 보여줄 수 있는 에너지를 갖고 있다는 것을. 그것은 바로 '용기와 진심'이었다.

창세기의 인간은 신과의 약속을 지키지 않아서 낙원에서 쫓겨났지만, 아프리카 에피크족 최초의 인간은 스스로 낙원을 탈출하는 용기를 선택했다. 낙원을 나가는 순간부터 노동해야 하고, 짐승들과 싸워야 하며, 질병과 공포로부터 자유로울 수 없다는 것을 알면서도 스스로 고난의 길을 선택했다. 낙원에서의 편안하지만 지루한 일상보다는 낙원 밖에서의 도전과 새로움의 길을 걷기 시작한 것이다. 나의 삶도 그랬다. 가시밭길 같은 내 삶의 여정을 달려올 수 있었던 것은 용기, 그리고 진심이었다.

단테의 『신곡』은 이렇게 시작한다.
"나는 어두운 숲속에서 헤매고 있는 자신을 발견했다.
그곳에는 반듯한 길이 숨겨져 있었다."

문단의 천재 김관식은 "왕후장상(王侯將相)이 부럽지 않다. 가난함에 행여 주눅 들지 말라. 사람은 우환에 살고, 안락에서 죽는 것, 백금 도가니에 넣어 단련할수록 훌륭한 보검이 된다"라며 가난 속에서도 고개를 숙이지 않았다. 어떤 시인은 "푹 삶아지는 게 삶의 전부일지라도, 찬물에 똑바로 정신 가다듬고는, 처음 국수틀에서 나올 때처럼, 꼿꼿해야 한다. 입신양명. 끝내는 승천해야 한다"고 했다.

오고 감이 교차되는 곳, 삶과 죽음처럼 대립되는 두 양태가 서로 끌어당기며 존재하는 곳, 그것이 이 세상의 모습이다. 이 세상은 현관처럼 신을 신고 벗는 일인 동시에 일어나는 지점을 품고 있다. 생의 끝이 죽음이 아니라 또 다른 생의 시작이 죽음일 수 있지 않을까. 그러니 매 순간 정진해야 한다. 후회하지 않는 삶 말이다. 폴 발레리의 말이 입술을 비집고 나온다. "바람이 분다. 살아야 한다."

지붕 없는 박물관

오래된 마을은 그 자체만으로도 지붕 없는 박물관이다.
100년의 마을은 100년의 역사를,
1000년의 마을은 1000년의 역사를 오롯이 간직하고 있다.

집집마다 애틋한 풍경과 기억을 담고 있으며 골목길마다 세월의 때가 묻은 이야기를 간직하고 있다. 오래된 나무에는 신화와 전설이 있고, 마을 공터와 빨래터, 마을회관에는 공동체의 미덕이 담겨 있다. 마을이 중요한 것도 이 때문이다.

한국의 문화원형은 모두 마을에서 만들어졌다. 밥 먹을 때 쓰는 숟가락·젓가락하나, 옷 입을 때 매는 옷고름 자락, 누워서 바라보는 대청마루의 서까래, 장독대와 외양간과 창살문과 부뚜막 모두 한국인의 마음을 그려낸 별자리가 있다. 한국인만의 디자인이며 조각이고 책이다.

시골에서는 소와 돼지, 그리고 닭을 귀하게 여겼다. 짚으로 달걀 꾸러미를 만들어 차곡차곡 쌓았다. 장날 가져가 팔거나 병아리 부화하는 데 쓰였다. 계란이 모여 닭이 되고, 닭이 모여 돼지가 되었다. 돼지는 잡식성이라 사람들이 먹고 난 음식을 깨끗하게 청소한다. 동네잔치가 열릴 때마다 돼지 한 마리씩 잡았는데 그날은 애나 어른

할 것 없이 죄다 모였다. 집집마다 소 한 마리씩 키웠다. 잘 키운 소 열 농부 부럽지 않을 정도로 쟁기질하거나 큰 짐을 나르는 데 필요했다. 자식 학자금이 필요할 때는 한 마리 끌고 나가 우시장에서 팔았다.

농심은 천심이다. 하늘을 닮았다. 손님이 오면 어머니는 밥상을 준비하는데 사기그릇에 고봉으로 담았다. 쌀 한 되도 고봉으로 담았다. 흘러내리고 또 흘러내리도록 수북이 담았다. 마음까지 담았던 것이다. 어머니와 할머니 방에는 항상 골무가 있었다. 바느질이 일상이었기 때문이다. 찢어진 양말이나 옷을 기울 때 골무를 사용했다. 헤지고 넝마처럼 못 쓰게 된 것도 할머니의 손, 어머니의 손을 거치면 예쁘고 요긴한 쓰임으로 탄생한다. 한국의 여인들은 그리움의 시간, 슬픔의 시간, 기다림의 시간을 이기기 위해 손가락에 골무를 쓰곤 했는데, 작은 꽃으로 장식을 하지 않았던가.

초정약수 몸값

물방울 하나가
8,200만 원이라고?

가로 15.8㎝, 세로 22.7㎝. A4 용지보다 작은 '물방울' 하나가 8,200만 원이나 한다. 작고한 김창열 화가의 물방울 작품 한 점이 케이옥션 경매에서 8,200만 원에 낙찰된 것이다. 그의 작품은 독특하다. 캠퍼스에 동글동글한 물방울이 영롱한 빛을 발하며 반짝인다. 물방울 한 개, 수십 개, 수백 개, 수천 개가 당장이라도 캔버스에서 튀어나올 것 같다. 새벽이슬처럼 영롱하고 유리구슬처럼 반짝이며 생명의 울림이 가슴까지 스며든다.

서울 예술의전당에서 그의 작품을 만났다. 물방울과 한글의 조화로움을 표현한 그의 작품을 보았는데 신비와 경이로움 그 자체였다. 한글의 자음과 모음, 그리고 문자 하나하나가 물방울과 조우하는 풍경이었다. 누가 그랬던가. 인간이 하는 일 중에 가장 쓸데없는 것이 예술이라고. 그런데 그 쓸데없는 행동이 있기 때문에 인간의 삶이 행복하고 아름다운 것이 아닌가.

초정약수의 몸값은 얼마나 할까. 초정약수는 미국의 샤스타, 영국의 나포리나스와 함께 세계 3대 광천수로 알려져 있다. 일찍이 세종대왕은 이곳에 행궁을 짓고 121일간 머물며 요양을 했다. 아픔을 치료하고 한글창제를 마무리하는 등 조선의 르네상스를 펼친 곳이다. 초정수는 탄산, 미네랄, 게르마늄, 라돈 등이 풍부하다. 유리탄소는 혈관확장 및 위장 운동에, 게르마늄은 신진대사 촉진과 빈혈 치료 등에, 미네랄은 효소반응 활성화와 혈액이나 체액의 분량과 삼투압이나 ph를 조절하는 데 라돈은 신경통이나 류머티스 등에 효과가 있는 것으로 알려졌다. 또한 초정약수로 세수를 하고 목욕을 하면 탄산 및 미네랄 성분이 피부에 스며들면서 각종 피부질환 치료 및 탄력 있는 피부를 만들어준다.

김창렬 작가의 작품은 그 작품의 가치를 아는 사람만 귀하게 여긴다. 그렇지만 초정약수는 몸과 마음 모두 행복하게 한다. 하늘의 물(天水)이다. 위장병이나 피부병 등 아픈 곳을 치료하며 상처 입은 사람들의 마음까지 유순하게 한다. 이쯤되면 초정약수는 단연 천연기념물로 지정해야 하지 않을까.

세상 어디에도 없는,
오직 초정에서만 맛볼 수 있도록,
대대손손 그 빛과 영광이 깃들도록 말이다.

천연사이다

일제가 조선팔도를 짓밟고 있을 때
초정리도 약탈의 현장이었다.

일제는 조선의 자원과 문화재를 약탈해 가기 위해 철도를 놓고 도로를 뚫었다. 죄다 조선 사람들이 동원되었다. 경부선이 세워지고 이어 충북선이 들어섰다. 조치원에서 청주를 지나 충주와 제천을 오가는 노선이었다. 이때 내수역이 생겼다.

1907년 7월에 일본인이 초정약수 일원을 매수했다. 1919년 8월에 나카하라가 초정약수 원탕 옆에 적산공장을 지었다. 나카하라는 자신과 가족이 머물 수 있는 집을 짓고 신사도 함께 지었다. 공장을 짓고 집을 지을 때도 동네 청년들이 동원되었다. 회사 이름은 중원탄산공장이었다. 발동기로 전기를 만들었다. 우물에서 뿜어져 나오는 가스를 활용해 탄산수와 사이다를 만들었다. 맥주도 만들었다. 가스의 위력이 워낙 뛰어났기 때문에 무엇이든지 만들 수 있었다.

이렇게 만든 탄산수와 사이다를 리어카나 구루마에 실었다. 건장한 청년들이 먼지 푹석이는 길을 따라 충북선 내수역 창고로 가져갔다. 공장에서 생산된 것들은 기차에 실려 서울로, 부산으로 갔다. 그리고 현해탄을 건너 일본으로도 갔다. 천황에게도 보내겼고, 일본군의 부대에도 보내졌다. 1922년 7월 일본 평화기념 도쿄박람회에 출품되어 동상을 받기도 했고, 1923년에는 일본 후생성에서 우수성을 인증했다. 처음에는 이러한 사실이 알려지지 않았다. 마을 주민들은 하루 일당으로 몇 푼씩 받는 것이 농사짓는 것보다 좋다는 생각에 일만 했다. 초정리 사람뿐만 아니다. 인근의 우산리, 저곡리, 비상리, 세교리, 그리고 내수에서도 사람들이 몰려 100여 명이 일할 정도였다.

"이 많은 물건은 어디로 가는 것이고, 누가 먹는 것입니까?"

몇몇 사람들이 공장 운영의 총책이었던 나카하라에게 물었다. 일본인은 자랑스럽다는 듯이 천황께서도 이 물을 마시고 있고, 수많은 일본군이 전쟁터에서 이 물을 마시며 힘을 얻고 있다고 말했다. 이러한 사실이 알려지면서 공장의 분위기 싸늘해졌다. 돈만 벌면 된다는 사람도 있었지만 일부에서는 우리의 소중한 자원이 일본으로, 더군다나 천황과 일본 군인들에게까지 보내진다는 사실에 화가 치밀었다. 몇몇은 아예 공장일을 그만두었다. 그도 그럴 것이 세종대왕께서 다녀간 마을이고, 이 물로 아픈 곳을 치료하지 않았던가. 이름하여 '하늘의 물'인데 어찌 왜놈들의 약탈에 침묵할 수 있는가. 일제는 초정약수의 효험을 확인했다. 초정약수를 전략적으로 약탈하기 위해 초정리 일대의 탄산수에 대한 전수조사까지 벌였다. 초정약수뿐만 아니었다. 인근의 구녀산과 좌구산에 있는 아름드리 소나무의 송진을 빼내는 일에도 마을 사람들이 동원되었다.

"해방이다. 해방이다. 일본군이 패망했다. 조선 땅을 되찾았다.
대한독립 만세!"

초정리 사람들은 1945년 8월 15일 해방의 기쁨을 사흘 늦게 들었다. 내수에 살던

한 모 씨가 초정으로 달려와 일본인에게 이 소식을 전했고, 일본인 가족은 옷가지조차 제대로 챙기지 못하고 줄행랑쳤다. 주민들도 이 소식에 기뻐하면서 "만세, 만세, 만만세"를 외쳤다. 청년들은 신사에 불을 질렀다. 시뻘건 불길이 활활 타올랐다.

일제의 상처는 오랫동안 초정리 한복판에 남아 있었다. 신사는 불에 타 없어지고 사택은 전쟁과 함께 사라졌지만 적산공장은 1980년대 초반까지 창고로 사용되어 오다가 초정약수 공원화 사업을 하면서 철거되었다. 초정약수가 미국의 샤스터, 영국의 나포리나스와 함께 세계 3대 광천수로 등재된 것 또한 일본인이 초정약수를 약탈하기 위한 전략이었다.

그날의 상처와 아픔은 적지 않지만 마을 사람의 초정수에 대한 사랑은 변치 않았다. 하늘의 물, 세종대왕의 어짊을 닮은 물을 보물처럼 아꼈다. 함께 씻고 마시며 태평성대의 세상을 만들자고 다짐했다. 그래서 초정의 물은 마르지 않는다. 마을에는 언제나 풍류가 있었으며 인심이 풍년이었다. 지금 초정리 하늘을 보라. 맑고 푸른 기운이 가득하다.

초정약수와 풍류

노는 것도 전략이라고 했던가.
백중날이면 탕마당은 하얀 광목으로 나풀거렸다.

구라산에 올라 굽어보면 드넓은 탕마당은 수백 개의 광목으로 가득했고, 시작과 끝을 알 수 없을 정도로 인산인해였다. 이랑져 흐르는 실개천 위로 굴절하는 빛의 눈부심, 가르마 같은 논길을 따라 까르르 웃음이라도 쏟아질 것 같은 악동들, 미루나무 아래에서 잠시 숨 고르기하고 있는 상큼한 바람결이 그럴 수 없이 좋았다.

도시의 사람들은 여러 날 전부터 이곳으로 모여들기 시작했다. 점방만 해도 수십 개에 달했고 놀음판의 야바위꾼도 한자리 차지했다. 성냥팔이, 막걸리집, 튀밥장수, 방물장수 할 것 없이 조용했던 시골마을이 북적거리기 시작했다. 기생들도 치맛자락 하얀 속살을 드러내며 호객행위를 시작했고, 어디서 모였는지 건장한 청장년들로 가득했다.

탕마당에서는 음력 7월 15일 백중날을 전후하여 큰 잔치가 열렸다. 백중장(百中場)이라고 하는 꽤 규모 있는 장도 섰다. 천지음양의 기운이 가장 왕성한 날이기도 하고 봄 여름 내내 고된 일에 시달린 머슴들에게 하루의 달달한 휴식을 허락한 날이다.

초정리에는 일 년에 한 번씩 이날을 전후해 청주 일대에서 가장 큰 장이 섰는데 톡 쏘는 알싸한 맛의 초정약수가 있기 때문이고 약수탕 주변에 드넓은 공터가 있어 먹고 놀기에 안성맞춤이었기 때문이다. 광대들이 북을 치며 마을을 한 바퀴 돌았다. 광대들이 온 것이다.

사람들은 이곳에 모여 술과 놀이를 즐겼다. 머슴들은 야바위꾼에 사기당하거나 기생들 치마 속에 일 년 내내 번 돈 다 퍼붓기도 했다. 이 맛을 알기 때문에 도시에서 많은 장사꾼이 달려온 것이다. 사내들은 두레박으로 길어 올린 약수에 등목하고, 여인들은 머리를 감고 그네뛰기를 즐겼다. 인근의 내로라하는 풍물팀은 다 모였다. 우승팀에게는 광목을 한 자루 시상했다. 약수 길어 올리는 사람, 술독에 빠진 사람, 춤추고 노래하는 사람, 엿장수 방물장수 튀밥장수 할 것 없이 사람 풍경이 진동했다.

백중놀이의 백미는 씨름대회였다. 1등에게는 황소 한 마리를 시상품으로 주었는데 건장한 청년 수백 명이 진을 치고 있었다. 작은할아버지는 씨름대회 때마다 심판을 맡았다. 아니, 초정 백중놀이의 총감독 역할을 오랫동안 했다. 일제강점기에는 중국에서 활동하는 독립군 비자금을 대주는 역할을 했었고, 해방 후에는 고향에서 아이들에게『천자문』과『명심보감』을 가르치며 동네 어른 역할을 했는데, 사람들은 덕망 있고 균형 있는 당신께 이 모든 것을 맡기고 자문을 청했던 것이다.

초정풍류의 시작은 1444년 세종대왕이 이곳에 행궁을 짓고 두 차례 머무르며 요양을 할 때부터였다. 안질과 욕창 등으로 고생하던 세종은 늦둥이 세자와 여러 대신과 함께 이곳으로 달려왔다. 내정전, 근정전, 병영시설 외에 수라간과 욕실전각을 짓고 초정약수로 빚은 음식을 먹으며 목욕도 했다. 이웃 노인들을 초청해 양로연을 베풀고, 박연을 불러 편경이라는 악기를 만들도록 했다. 청주향교에 책을 하사했고 우리나라 최초의 국민투표를 통해 조세법을 개정한 뒤 인근 청안지역에 시범 도입하기도 했다. 조선의 르네상스를 이곳에서 펼친 것이다.

　공간이 사라지면 역사도 사라지고 사랑도 사라진다고 했던가. 그토록 아름답고 소중했던 풍경이 사라진 지금, 오가는 사람들의 마음이 심란하다. 공장, 식당, 모텔 등으로 어수선하기 때문이다. 그러하니 초정의 풍경을 온전히 되살리는 일이 필요하다. 초정약수를 어떻게 보존할 것인가를 최우선 과제로 삼아야 한다. 세종대왕의 스토리텔링을 AR·VR 등의 콘텐츠로, 공연물로, 스토리텔링으로 특화해야 한다. 세종대왕의 초정 르네상스의 업적만으로도 대한민국 최고의 콘텐츠가 될 것이며, 세종대왕 리더십과 연계한 세계 리더십 캠프를 만들면 글로벌 상품으로 확장할 수 있다. 금강산도 식후경이라고 했으니 초정음식을 만들어야 할 것이고 주변의 풍광과 연계한 책마을을 만들면 좋겠다. 백중놀이의 아련한 추억을 축제 프로그램으로 살려야 할 것이며, 바이오와 뷰티가 융합된 치유 및 힐링의 공간도 필요하다. 세종대왕이 초정에서 못다 이룬 꿈을 일구자는 것이다.

살다보면 두뇌의 잣대로 세상의 이치를 판단할 수 없는 일들이 많다.

가슴으로 느끼는 아름다운 것들과 만나고 싶고,

그 무위한 삶이 기진한 내 삶을 어루만져주면 좋겠다는 생각도 한다.

마천루 빌딩에서 즐기는 행복보다 자연과 옛 추억을 통해

얻는 행복이 더 크고 아름답지 않던가.

풍류초정이 그리운 것도 이 때문이다.

그리운 것은 농촌에 있다고 했다.

그날의 낡은 풍경이 무디어진 내 삶의 촉수를 깨운다.

그러니 세상 사람들의 삶에 향기가 끼치면 더욱 좋겠다.

고향 가는 길

고향으로 가는 길에
꽃들이 약속이나 한 것처럼 피어 있었다.

어떤 꽃은 연분홍 치마를 흔들며, 어떤 꽃은 붉은 입술을 내밀며, 어떤 꽃은 연지곤지 바르고, 어떤 꽃은 하얀 속살을 내밀며, 어떤 꽃은 내게 어서 오라고 손짓을 하며…. 모두 여린 입술로 아련한 향기를 뿌리고 있었다. 겨우내 감추고 있던 뜨거운 연정을 노래하고 있었다.

고향으로 가는 길에는 숲과 들녘 사이로 주름진 마을이 펼쳐져 있었다.

세교리, 비중리, 비상리, 영하리, 우산리, 저곡리, 교자리…. 어떤 마을은 녹슨 함석지붕과 쓰러져가는 슬레이트 지붕이 아슬아슬했다. 오종종 예쁜 돌담도 있고 봄꽃으로 물감을 한 마을도 있었다. 낡고 빛바랬다. 누추하지만 그래서 삶이 더욱 곡진하게 다가오는 집들이 눈에 들어왔다. 나일론 줄에 걸려 펄럭이는 빨래를 보니 갑자기 궁금해졌다. 누구일까. 어떤 사람들이 살고 있을까. 저들의 삶은 행복할까.

엘렌바스는 말했다. "모든 살아있는 존재는 자기 자신이 되고자 한다. 올챙이는 개구리가, 애벌레는 나비가, 상처받은 인간은 온전한 인간이 되고자 하는 것이다." 고향으로 가는 4월의 길목에서 삶에 대해, 사랑에 대해, 생명에 대해 생각한다. 고향집은 잡풀만 무성했다. 아무도 살지 않는 빈집에 새들이 둥지를 틀고 소쩍새가 울고 있었다. 늙은 팽나무만 하릴없이 집 앞에서 근본 없는 사내를 기다리고 있었다.

19세기 프랑스 도시문화를 상징하는 단어가 있다. 바로 '플라뇌르'다. 플라뇌르는 열정적으로 끊임없이 방랑하고 산책하는 사람이다. 시인이고 화가이며, 철학자이며 춤꾼이고 노래하는 방랑자가 아니던가. 고향으로 가는 길의 풍경 하나하나에 새로운 시선을 던진다. 햇살은 눈부시고 바람이 부니 대지가 트림을 한다. 움트는 생명이다. 가슴이 뛴다. 오늘 하루 내가 달려온 길이 헛되지 않으면 좋겠다. 꽃의 마음으로 세상을 보고 싶다. 그 꽃심이 자라 아픈 세상을 사랑으로 보듬고 싶다. 내 삶의 신화가 켜켜이 쌓여 불멸의 향기가 되면 좋겠다.

달밭을 가꾸며

그날 저녁 보름달이
온 동네를 밝히기 시작했다.

우리 동네에는 기억을 되찾아주는 것이 세 가지 있는데 탕마당과 팽나무, 그리고 보름달이었다. 우리는 일 년에 한 번, 보름달이 가득 찬 날 만나기로 했다. 벌써 30년이나 됐다. 탕마당은 악동들의 놀이터였다. 차고 톡 쏘는 약수를 두레박으로 길어 올린 뒤 마시고 등목을 했다. 약수가 온몸에 닿기만 해도 짜릿한 전율을 느꼈다. 그곳에서 밤늦도록 놀았다. 숨바꼭질, 줄넘기, 딱지치기, 자치기, 공놀이, 윷놀이…. 추석이나 설날, 그리고 백중일에는 인근 마을 사람까지 몰려와 풍물놀이를 시작으로 장이 섰고 점방과 기생집과 야바위꾼이 진을 쳤다.

탕마당 바로 옆에는 수백 년 수령의 팽나무가 있다. 5월이면 어김없이 홍갈색 꽃이 피는데 취산꽃차례를 이룬다. 가을이 되면 적갈색의 작은 열매가 열린다. 먹을 때는 씨를 빼내야 하는데 그때마다 '팽' 소리가 난다. 그래서 팽나무다. 어른들은 일 년에 꼭 한 번, 이 나무에서 꽃이 피어 꽃향기가 절정에 이르는 날 밤, 그 향기를 맡으면 까마득하게 잊어버렸던 옛 추억이 떠오른다고 했다. 그래서 봄 여름 가을에는 이곳에

87

평상을 깔아놓았다. 지붕 없는 사랑방이다. 바로 그 옆에는 마을에서 가장 큰 참나무가 있다.

보름달이 뜨면 숲으로 뒤덮인 온 동네가 훤하게 밝았다. 앞집 뒷집 개 짖는 소리에, 구라산에서 쏟아져 내려오는 바람의 군단에, 초가집 기와집 할 것 없이 온 가족이 옹기종기 모여앉아 이야기꽃 피우는 소리에 보름달도 절로 흥이 났는지 붉게 빛났다. 뒷산의 도토리 후두둑 떨어지는 소리가 날 때마다, 대추가 붉게 익을 때마다 보름달은 온몸을 활짝 열었다. 그때마다 악동들은 탕마당에서 작당을 했다. 오늘은 누구네 집 장독대를 털 것인지, 어느 밭을 어슬렁거릴 것인지…. 시골의 밤은 언제나 악동들의 것이었다.

지나간 추억도 희망이라고 했던가. 일 년에 한 번, 보름달이 가득 찬 날 친구들이 만나면 그날의 추억을 이야기한다. 그때의 일은 돌이킬 수 없고 시간이 갈수록 기억마저 쇠잔해지는데 만날 때마다 무슨 할 얘기가 많은지, 추억이 없으면 삶의 풍경이 만들어질까 싶을 정도다. 모든 풍경 속에는 상처가 깃들어 있듯이 그날의 추억엔 미련과 아쉬움이 왜 없으랴만 지나고 나면 아름답고 소중하다. 애틋하다. 내겐 가난한 날의 축복이었고 빛이었으며 거름이었다.

그런데 지천명을 넘으면서 친구들의 표정과 이야기에 그늘이 지기 시작했다. 건강과 가족과 일거리에 대한 아픈 이야기가 더 많아졌다. 교통사고와 지병으로 운명을 달리한 친구도 있다. 암 투병을 하거나 성인병으로 시름겹거나 뼈마디가 성치 않아 병원 신세를 지는 경우도 많아졌다. 추억이 하나씩 잊혀져가고 사라질 때 몸까지 덩달아 야위어갔다. 중년의 아픔이 시작된 것이다. 부모들은 돌아가시거나 요양원 신세를 지고 있다. 평생을 땅과 함께 살아온 분들이다. 농사를 경전으로 알며 논과 밭에서 피땀 흘렸으니 온몸이 주름지고 세월의 무게만큼 허리도 꼬부라졌다. 구릿빛으로 가득한 수척해진 모습이 당신의 모든 것을 웅변한다. 부모 걱정 끝나기 무섭게 자식 걱정이 태산이다. 취직해야 하고 결혼도 해야 하는데 내 맘대로 되는 것 하나 없다. 부모 걱정에 자식 걱정까지 중년의 친구들은 보름달을 보는 마음이 가볍지 않다.

심산한 삶에 돌파구가 없다고 생각할 땐 어김없이 고향에 대한 그리움과 옛 추억과 밤하늘에 총총히 빛나는 별들을 생각한다. 맨발로 시골길을 걸어도 좋고, 논두렁 밭두렁에서 촐랑대도 좋고, 숲길과 실개천을 팔짝거려도 좋다. 자연은 항상 정직했다. 어머니의 가슴처럼 관용과 화해로 낯선 이를 두 팔 벌려 맞이했다. 이따금 세월에 지치고 남루한 모습이 안쓰럽게 느껴지기도 하지만 그때마다 고향은 돌아온 탕자를 기꺼이 허락했다.

집으로 가는 길에 보름달이 골목길을 밝히며 길동무가 되어주었다.
인생 다 그런 거라고, 너무 상심하지 말라고,
모든 풍경에는 상처가 깃들어 있으니
삶의 향기 만들자고 한다.
천근만근이었던 내 마음에도 달이 뜨고 있다.

2부 —— 아버지가 지은 집
아들이 고쳐 쓰다

대들보

온전할까
싶었다.

50년도 더 된 고향집을 두 번이나 뜯어고쳤으니 옛 모습이 온전히 남아있을 리 없다고 생각했다. 처음에는 부뚜막이 있는 온돌방이 불편하다며 보일러로 교체하면서 집을 뜯어고쳤다. 그다음에는 천장에 비가 새고 쥐들이 판을 치면서 대대적인 수리를 단행했다. 위치만 그대로일 뿐 형태는 꽤 많이 변형되었다. 아버지는 세상 떠나신 지 오래고, 어머니는 5년째 병원에 계신다. 형도 누이도 제 다 고향을 등지고 고향엔 찬바람만 나부꼈다.

그래도 궁금해서 천장을 뚫었다. 어둠 속에서 대들보가 붉게 빛나고 있었고, 그 사이로 서까래가 촘촘하게 이어져 있었다. 대들보는 한옥에서 가장 중요한 역할을 한다. 무게 중심을 잡는 역할뿐만 아니라 그 집의 품격을 보여준다. 아, 살아있었다. 날줄과 씨줄의 작은 우주를 보는 느낌이었다. 그 많은 세월 우리집안의 기쁨과 영광을, 아픔과 슬픔을 제 다 품고 꿋꿋하게 지키고 있었구나. 뚫린 천장 구멍으로 고개를 집어넣고 넋을 잃은 채 바라보았다. 50여 년의 세월이 주마등처럼 스쳐 지나갔다.

건축가 김승근 교수가 낡은 집 천정을 뜯어보며
보존 상태를 점검하고 있다.

93

가슴이 뭉클하고 먹먹했다. 대들보가 저렇게 멀쩡하고, 서까래는 얼마나 눈부시게 빛나고 있던가. 지인을 불렀다. 보존상태와 활용가치를 따져보기 위해서다. 건축을 전공하는 김승근 교수, 건축디자이너 김종대, 공공미술가 김해곤, 조각가 장백순, 문의 벌랏마을 이종국 작가도 와서 들여다보았다. 쓸 만하단다. 상한 곳 몇 군데만 교체하고 잘 다듬으면 좋은 공간이 될 수 있다며 고개를 끄덕였다. E. H. 카는 "역사는 과거와 현재의 끝없는 대화"라고 했다. 낡고 빛바랜 시골집을 보면서 생각했다.

다시 용기가 났다. 이 집을 헐지 않고 리모델링을 하기로 결심했다. 그동안 나는 옛 담배공장의 문화재생을 이끌었고, 저곡리 방앗간을 문화공간으로 꾸미는 기획을 했다. 전국의 빛바랜 공간을 찾아다니며 문화재생을 통해 지역활력을 도모하자고 웅변하지 않았던가. 공간이 사라지면 역사도 사라지고 사랑도 사라진다며 수없이 외쳤던 내가 불편하고 활용성이 떨어진다는 이유만으로 헐어버리면 어떻게 하겠는가. 보존과 활용의 가치를 담기로 했다. 이곳에서 옛 추억을 떠올리며, 새로운 꿈을 빚으며 남은 삶 값지게 가꿀 것을 다짐했다.

시인의 집

문화가 있는 집이면
좋겠다고 생각했다.

문학소년이었을 때도, 소년이 자라 대학에서 문학을 전공했을 때도, 서울에서
기자를 하며 고단한 청춘을 보냈을 때도, 청주에서 문화기획자로 활동할 때도 마음
한곳에 이루지 못한 소망 하나 간직하고 있었다. 바로 '시인의 집'이었다. 작지만 나만
의 공간, 책이 있고 책장을 넘기며 글을 쓸 수 있는 호젓한 공간을 만들고 싶었다.

마침 내게는 틈틈이 읽으며 보관해 오던 책과 미술품이 적지 않았다. 내가 쓴 책
만 해도 20여 권이나 된다. 이어령 선생님의 책은 모두 갖고 있다. 수필, 소설, 에세이,
여행, 동화 등 장르별로 다양한 책을 갖고 있다. 어림잡아 만여 권은 될 것이다. 게다
가 작품은 또 얼마나 많던가. 회화, 조각, 서예, 공예 등 500여 점이 넘는다. 문화현장
에서 일하다 보니 지역의 예술가들을 만나는 일이 적지 않았다. 그때마다 하나씩 사
들였다. 작품에 대한 취향 없이, 작품 구입에 대한 나름의 원칙도 없이 구입했다. 처음
에는 가난한 예술가를 도와주겠다는 생각으로, 내공이 쌓이면서는 마음에 닿는 작품
중심으로 구입했다. 이 때문에 마누라 모르는 빚이 늘었다. 퇴직금으로 그 빚을 갚아

야 했다.

이왕이면 책이 있는 문화공간을 꾸미고 싶었다. '책의 정원, 초정리에서.' 그 이름을 결정하는 데 오랜 시간이 걸리지 않았다. 오래전 나는 『생명의 숲, 초정리에서』라는 책을 펴냈다. 그 책은 문화부 우수도서로 선정되고, 서귀포시 대표 도서로도 선정되었다. 그러니 '책의 정원, 초정리에서'라는 이름을 짓는 데 망설임이 없었다. 주변 사람들도 고개를 끄덕이며 공감했다. 집과 정원이 모두 책과 예술로 촘촘하게 펼쳐져 있는 공간을 가꾸고 싶었다.

독일의 생리학자 빌헬름 프라이어는 "글씨는 뇌의 흔적"이라고 했다. 물고기 비늘에 바다가 스미는 것처럼 인간의 몸에는 자신이 살아가는 사회의 시간이 새겨진다고 했다. 내가 쓴 책, 내가 읽은 책, 내가 소장하고 있는 책이 나를 만들지 않았던가. 그래서 오노레 드 발자크는 "사람의 얼굴은 하나의 풍경이고, 한 권의 책이다"라고 한 것이다.

　　나는 이곳에서 '책 읽어주는 남자'가 되고 싶다. 세상 사람들에게 하루에 책 한 권씩 읽어주고 책과 관련된 다양한 이야기를 나누며 더불어 함께 사유의 공간을 가꾸고 싶다. 책과 함께 하룻밤의 달콤한 휴식을 즐길 수 있는 곳, 다양한 작품을 보고 이야기를 주고받을 수 있는 곳, 책과 예술이 가득한 정원에서 삶의 향기 깃들도록 하고 싶다. 시인의 마음으로, 시인이 되어, 하나의 풍경이 되고 싶다.

누구 일할 사람 없나요?

이렇게 결심을 했지만
걱정이 적지 않았다.

당장 리모델링을 어떻게 할 것이고, 누구랑 할 것이며, 예산은 얼마나 드는지, 그 예산을 어떻게 확보할 것인지 등 고민할 때마다 가뜩이나 없는 머리털이 숭숭 빠졌다. 머뭇거릴 수 없어 지인들의 자문을 받기로 했다. 건축가 김승근 교수, 건축디자이너 김종대 소장이 고향집을 둘러보았다. 낡고 빛바랜 집 구석구석을 둘러보더니 쓸 만하다는 결론을 내렸다. 대들보와 서까래가 상당 부분 보존돼 있으니 잘 활용하면 될 것이라고 했다.

문의에서 마불갤러리를 운영하는 이종국 작가도 여러 번 찾아왔다. 이 작가는 오래전부터 생태적이고 자연적인 공간 꾸미는 것에 남다른 재주가 있었다. 서울의 고택도 리모델링한 경험이 있고, 벌랏마을과 마불갤러리도 직접 가꾸었으니 시골집 하나 만지작거리는 것은 식은 죽 먹기였다. 이 작가 역시 옛 모습을 살리는 쪽으로 제안했다. 한지와 고재를 잘 활용하면 초정의 명소가 될 것이라고 했다. 나는 이 작가가 직접 감독을 맡아주기를 바랐다. 그렇지만 이 작가는 생업이 있고 오랫동안 이 일을 접

었기 때문에 부담스러워 했다. 대신 수시로 들락날락하면서 현장을 챙겨주기로 했다.

　그 가능성에 무게를 두고 리모델링 전문업체를 찾았다. 건설회사, 가구회사, 리모델링 전문회사 등 모두 여섯 팀을 만났다. 어떻게 리모델링을 할 것인지 이들에게 똑같은 구상을 말했다. 갤러리, 북스테이, 북카페, 책의 정원, 그리고 거실과 주방을 트고 넓히며 화장실을 특화시켜야 한다. 약수를 체험할 수 있는 샘터, 장독대와 나지막한 담장을 조성해야 한다. 핵심 콘셉트는 책이고, 보조 콘셉트는 작품이다. 그런데 내 입에서 나온 말이라고 다 똑같은 게 아니었다. 제안서를 들고 온 사람들마다 제각각이었다. 누구는 건물 통째로 대들보와 서까래를 노출시키자고 했고, 누구는 볼품 없으니 막아야 한다고 했다. 누구는 복고풍으로 가자고 했고, 누구는 모던하게 꾸미자고 했다. 누구는 2억 원이 넘는 견적서를 내밀었고, 누구는 1억 5천만 원을 제시했다. 가난한 나는 난감했다. 오랜 고민 끝에 내 집을 여러 번 둘러보고, 내 사정을 잘 아는 사람에게 내 뜻을 간곡하게 전달했다. 그는 망설이는가 싶더니 한번 해보겠다며 계약서에 도장을 찍었다.

고향집 리모델링 핵심가치는 보존과 활용이다.

아버지가 지은 집, 어머니의 사랑으로 기억되고 있는 집을 살리면서

문화가 있는 공간으로 가꾸는 것이다.

이를 위해서는 건축물과 공간의 내밀함을 살펴보고 읽을 수 있어야 한다.

공간이 살아있어야 한다.

이를 위해서는 조율이 필요하다.

조율은 시간과 공간을 잇고, 사람과 사람을 잇는 일이다.

자료 모으고 스케치하고

2021년 3월,
내 집 고치기가 시작됐다.

새집을 짓는 것도 아닌데 무슨 돈이 그렇게 많이 드느냐고 하는 사람도 있다. 나도 처음에는 같은 생각으로 여러 날 잠을 이루지 못했다. 그런데 50년도 더 된 낡은 집에 인간의 온기가, 문화의 향기가 나게 하는 최소의 투자라는 생각을 하니 마음이 편해졌다. 문짝, 창문, 화장실, 바닥 등 모두 뜯어고쳐야 했기 때문이다. 대들보를 드러내고 서까래를 살려야 했다. 마당에 우물도 만들고 정원도 꾸미며 담장도 새로 만들어야 하기 때문이다.

업자들은 빛바랜 집을 둘러볼 때마다 나를 더 긴장시킨다. 너무 오래됐고 낡았기 때문에 실제 비용은 건물을 뜯어봐야 안다는 것이다. 당초 예상했던 것보다 더 많은 비용이 들 수 있다는 경고다. 그래서 여기저기 옛 건물 리모델링 현장을 찾아다녔다. 서울의 골목길을 어슬렁거렸고, 청주와 공주, 대전과 세종의 소문난 빈집 문화재생 현장을 들락날락했다. 문의면 두모리의 김승근 교수 집은 대들보만 빼고 바닥에서부터 본체와 지붕까지 모두 손봤지만 옛 풍경을 품격 있게 살렸다. 공주 루치아의 뜰은 건물과 마당의 원형을 그대로 살린 뒤 북카페로 변신시켰다. 이처럼 방치됐던 골목길의 옛집을 원형 그대로 살린 뒤 카페로 만든 곳도 있고, 게스트하우스로 꾸민 곳도 있으며, 단순한 살림집으로 가꾼 곳도 있었다.

이들 공간의 공통점은 지나간 시간을 살려냈다는 점이다. 낡고 빛바랜 공간 속에 옛 사람들의 사랑과 상처가 깃들어 있다. 그 느낌을 살리는 것이 성공의 열쇠였다. 어떤 집은 대들보와 서까래를 강조하고, 어떤 집은 다락방을 강조했으며, 어떤 집은 툇마루를 중요시했다. 또 어떤 집은 정원에 집중했으며, 어떤 집은 담장과 창고 하나에도 웅숭깊은 느낌을 담았다. 나는 그곳에서 지나간 시간도 희망임을 보았다.

인터넷 검색만 해도 집 고치는 데 도움이 되는 자료가 쏟아진다. 다양한 사례를 소개하고 있으며 견적까지 제시하고 있으니 앉아서 세계의 건축기행을 하는 즐거움이 있다. 잡지「행복이 가득한 집」을 즐겨 보았다. 매달 다양한 생활공간, 문화공간, 예술공간을 소개하고 있다. 마침 샘터 김성구 대표께서『길모퉁이 오래된 집』을 보내왔다. 시대의 그늘이 깃든 근대건축 이야기를 담은 책이다. 이 밖에도 승효상, 서현, 유현준, 양용기 등의 건축 전문도서를 밑줄 치며 읽었다.

건축은 건축가가 설계하는 게 아니라 그 속에서 이뤄지는 삶에 의해 완성된다.
_승효상
건축은 벽돌과 콘크리트가 아니라 인간의 정신으로 이루어진다. _서현
건축은 열려진 음악이다. _괴테
공간은 또다시 우리를 만든다. _윈스턴 처칠
기억은 저마다 한 채씩의 집을 짓는다.『혼불』작가 최명희

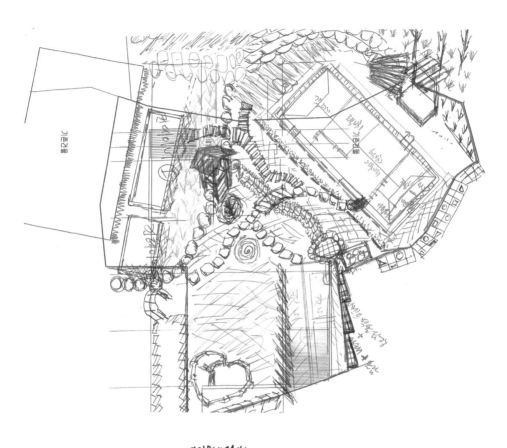

기와담 x 정자

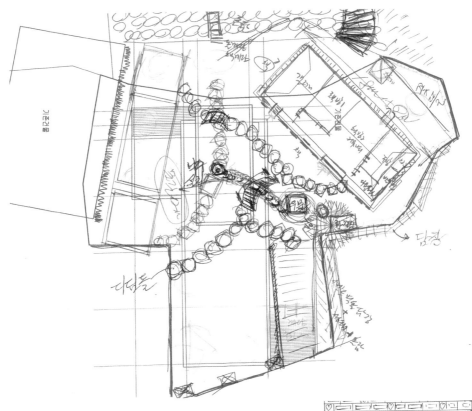

① 장독 단독 난장

② 오석 출입

18cm × 1m
 W   H

④ 판석 출입 적벽

7 × 9 m = 15개 # 기본
10개→가로방향으로

① 입구 단독 난장

600mm

지붕에 새 둥지만 200개

시작부터
예기치 않은 일들이 속출했다.

    처마 밑을 뜯어보니 온전한 서까래가 많지 않았다. 썩고 갈라진 것들이 많았다. 두 차례에 걸친 보수공사 과정에서 훼손된 것들도 있었다. 옛 모습을 온전히 간직하고 있을 것이라고 생각했는데 예상했던 것보다 상태가 심각했다. 순간 불안감이 밀려왔다.

    더 당황한 것은 이루 셀 수 없을 만큼의 새 둥지였다. 우리집 주변에는 새들이 많았다. 처음에는 산 밑에 위치해 있기 때문에 새들이 오가는 것이라는 생각만 했었다. 또한 새들이 알아서 춤추고 노래하니 나쁘지 않았다. 그런데 그게 아니었다. 산속의 새들이 죄다 우리집 처마에 둥지를 틀었던 것이다. 어림잡아 200여 개에 달했다. 처마를 빙 둘러 새집이 빼곡하게 들어섰다. 제비들은 눈에 띄는 곳에 집을 짓지만 참새들은 처마 밑 빈틈을 비집고 안으로 들어가 집을 짓는다. 딱새나 할미새는 어두운 곳에 둥지를 틀기 때문에 이만한 보금자리가 없을 것이다. 뱀이라도 나타날까 걱정하며 하

나씩 걷어내야 했다.

새 둥지로 치자면 제비집과 벌집이 가장 과학적이고 멋스럽다. 강남에서 돌아온 제비는 자기들이 머물 집부터 짓는다. 논에서 진흙을 물어다 처마 밑에 붙인다. 흙이 꾸덕꾸덕해지기를 기다리면서 조금씩 쌓아 올린다. 그리고 진흙 사이에 지푸라기를 넣는다. 시멘트 건물의 철근 기능을 하는 것이다. 특히 제비는 집을 지을 때 자신들의 침을 이용하는데 식으면 접착제 역할을 한다.

벌집은 정육각형이다. 새끼를 키우고 꿀이나 화분을 저장하기에 정삼각형이나 정사각형과 비교할 때 효율성이 뛰어난 최적의 구조다. 비바람이 불어도 끄떡없을 정도로 견고하고 안전하고 아늑한 공간이다. 그래서 누구는 벌집이야말로 최고의 건축이라고 예찬한다. 어렸을 때 사다리를 타고 올라가 새 둥지를 훔치려다 물컹거리는 뱀을 만져 혼비백산한 적이 있다. 뒷산으로 올라가 숨바꼭질하다가 벌집을 건드려 온몸이 벌에 쏘여 퉁퉁 부은 적이 있다. 어머니는 그날 저녁 벌에 물린 곳에 된장을 발라주었다.

생각해보니 당황할 일이 아니었다. 오랫동안 주인 없는 고향집을 새들이 지켜주었으니 되레 고마운 일이다. 오랜 세월 새들은 노래 부르고 춤을 추며, 알을 낳고 새끼 치며 쓸쓸한 집을 보듬었다. 고맙다. 새들아, 나의 친구야. 너희들 때문에 고향집이 조금은 덜 쓸쓸했을 것이다. 이제는 내가 더 멋진 보금자리를 만들 테니 너희는 너희의 집으로 가거라. 집 고치기 다 끝나고 잔칫날 초대할게.

개나리꽃 옆에 골담초

개나리가 피면 그 옆에서 골담초가 피었다.
누가 더 노랗고 예쁜지, 누가 더 향기 가득하고
오래가는지 내기라도 하듯
장독대 옆에서 나란히 피었다.
한쪽에서 꽃이 피면 다른 한쪽에서는 꽃이 지었다.
사월 한 달은 이렇게 꽃들이 피고 지고를 반복했다.

　　어머니는 유독 장독대를 귀하게 가꾸었다. 큰 놈은 옹기, 작은 놈은 종기라고 했다. 어머니는 새벽마다 장독대 청소를 했다. 봄이 오면 여러 종류의 꽃을 심었는데 개나리와 골담초, 그리고 채송화가 봄 여름 가을날의 장독대 풍경이 되었다. 어머니 없는 장독대에도 어김없이 봄이 왔다. 꽃이 피고 향기가 나더니 벌들이 날아왔다.

　　'골담초(骨擔草)'는 글자 그대로 뼈를 책임지는 풀이다. 옛사람들은 이름을 붙일 때부터 나무의 쓰임새를 알고 있었다. 실제로 한방에서는 해수, 대하, 고혈압, 타박상, 신경통 등을 처방하는 데 쓰인다. 개나리가 피면 골담초도 핀다. 귀여운 나비 모양의 노란색 꽃을 감상할 수 있다. 이 때문에 민가의 양지바른 돌담 옆에 심었다. 어린 시절에는 골담초 꽃을 따서 먹었다. 항아리에 걸터앉아 달고 향기로운 그 맛을 쪽쪽 빨아먹었다.

영주 부석사의 무량수전 위에 국보 19호 조사당(祖師堂)이란 자그마한 목조건물이 있다. 건물의 처마 밑에는 손가락 굵기의 작은 나무가 자라고 있다. 이름하여 신선의 집 꽃이란 의미의 선비화(仙扉花)인데, 부석사를 창건한 의상대사가 짚고 다니던 지팡이를 이곳 처마 밑에 꽂았더니 가지가 돋아나고 잎이 피었다고 한다. 퇴계 이황이 이 꽃을 보고 골담초라고 이름을 지었다.

골담초는 잎자루의 아랫부분에 날카로운 가시가 발달하고 대궁의 좌우에 두 개씩, 모두 네 개의 잎이 달린 깃꼴 겹잎이다. 꽃은 노란 나비 모양으로 한 개씩 원뿔 모양의 꽃차례에 달린다. 어머니는 노랗게 핀 꽃을 따서 쌀가루와 섞어 시루떡을 만들었다. 떡을 먹을 때마다 향기가 입안 가득했다. 그날의 추억과 그 맛이 지금도 생생하다.

집수리를 시작하면서 장독대 주변도 정비했다. 포클레인이 들어가자 꽃들이 일제히 비명을 질렀다. 비가 오나 눈이 오나, 기쁜 일 슬픈 일 있을 때도, 오랫동안 가족들이 집을 비울 때도 장독대 옆에서 빈집 지키고 있었는데 이럴 수는 없다면서 묵언시위라도 하는 듯했다. 고심 끝에 장독대와 골담초는 원형 그대로 보존했다. 몇 개는 뿌리가 상하지 않도록 뽑아서 지인들에게 분양했다.

약수관정을 찾아

30년 전에 작은형이
고향집에서 식당을 운영했다.

오래전부터 작은집이 식당을 하고 있었는데 장사가 잘된 것이 부러웠던지 직접 식당을 차렸다. 마당에 평상을 몇 개 깔아놓고 손님을 맞았다. 주 메뉴는 닭백숙과 닭볶음탕이었다. 형은 손님이 오면 주문을 받고 곧바로 뒷밭에서 방목해 키운 토종닭을 잡았다. 무쇠솥에 닭을 삶거나 볶았다. 손님이 기다리는 동안 초정약수를 맛보게 하고 도토리 묵무침을 제공했다. 물론 식당은 일 년도 하지 못하고 자진 철수했다.

작은형이 식당을 운영하게 된 것은 우리집 마당에서 약수가 나왔기 때문이다. 약수원탕과 인접해 있으니 땅을 파면 약수가 나올 것 같다는 주변 사람들의 귀띔이 있었다. 그래서 지하수 개발을 업으로 하던 집안 어른에게 부탁해 땅을 팠다. 무려 100m나 깊이 들어갔다. 약수가 나왔다. 물량도 적지 않았다. 그러니 그냥 보고 있을 수 없다며 식당을 차렸다.

우리집 약수 맛이 나쁘지 않았다. 미네랄이 풍부한 데다 톡 쏘는 맛이 좋았다. 소문을 듣고 청주의 목욕탕 주인이 찾아왔다. 초정약수를 활용해 목욕을 하는 곳이었는

112

데 우리집 물을 가져다 쓰고 싶다는 것이다. 노느니 약수라도 팔아서 먹고살겠다며 약수를 팔았다. 며칠에 한 번씩 대형 물탱크가 와서 약수를 가져갔다. 물론 이것도 오래하지 못했다. 약수가 고갈될 것 같다는 주변의 권고에 '봉이 김선달'의 영화를 잠깐 보다 말았다.

리모델링을 시작하면서 토목공사를 함께 진행했다. 마당과 언덕, 그리고 집 뒤의 장독대 주변을 대대적으로 정비했다. 그러던 중 마당 한가운데에 약수관정이 있었던 것이 생각났다. 포클레인을 동원해 마당을 팠다. 약수관정이 나왔다. 둘레가 40cm나 되는 크기의 관정이 녹슬지 않은 채 그대로 보존돼 있었다. 수중 모터를 동원해 물을 뽑았다. 차고 시원한 물이 콸콸 쏟아져 나왔다. 기분이 삼삼했다. 옛 생각이 주마등처럼 스쳐갔다. 그리고 약수로 뭔가를 할 수 있겠다는 묘한 생각이 들었다. 수질검사를 하고 지하수 사용 허가를 받았다. 우리집을 찾은 사람들에게 약수 맛을 볼 수 있게 하고, 약수를 활용한 다양한 콘텐츠를 만들 수 있다는 생각에 그날 밤 잠을 이루지 못했다. 하늘에서 많은 별들이 내게로 왔다.

우측은 초정약수 원탕 모습이다.

갈등 그리고 화해

세상 만만하게 본 적 없지만
시작도 하기 전에 암초에 부딪혔다.

여러 사람으로부터 리모델링을 위한 제안서를 받았다. 건물을 새로 짓는 게 아니기 때문에 건설업체를 부를 수는 없었다. 대신 옛집을 보수하거나 리모델링을 전문적으로 해온 업체를 찾아야 했다. 한옥도 아니고 양옥도 아닌, 정원과 담장과 언덕공사까지 해야 하는 난이도가 높은 공사였다. 게다가 가난한 내가 작심하고 하는 일이니 적은 예산으로 높은 퀄리티를 낼 수 있어야 했다.

고향집을 리모델링하겠다고 하니 주변에서 많은 조언을 했다. 공통적으로 하는 얘기가 있었다. "업자를 잘 만나라", "계약서를 꼼꼼히 써라", "다양한 사람들에게 제안서와 견적을 받아보고 최적의 것을 선택하라"였다. 고약한 업자를 만나면 일하는 도중에 예기치 않는 갈등이 생길 수 있고 결과 또한 만족할 수 없다. 계약서를 제대로 쓰지 않으면 비용 문제로 충돌이 발생할 소지가 많다. 돈 때문이기도 하고 집주인과 업자의 관점의 차이 때문이다. 정말 재수 없으면 사기꾼도 만날 수 있다.

그런데 초반부터 암초에 부딪혔다. 견적은 여섯 곳에서 받았지만 이 중 두 곳이

114

제안서를 만들었다. 이들은 제대로 된 제안서를 만들어보겠다는 생각을 했던지 디자인을 하는 회사에 의뢰해 2D나 3D 작업을 했다. 방과 거실과 건물 외벽, 그리고 정원을 어떻게 꾸밀 것인지에 대한 자신들의 의견을 담았다. 이 두 팀의 공통점은 자기네들이 직접 디자인을 할 수 없다는 것이었다. 나는 디자인을 원하지 않았다. 제안서를 만들 때 스케치 형식이어도 무관했다. 오히려 스케치를 하면 그 결과물을 훗날 책을 만들거나 교육자료로 사용할 수 있고, 리모델링이 끝나면 어느 공간에 의미 있게 쓰일 수 있다고 생각했다.

결국 이 두 업체는 내가 선택할 수 없었다. *끄적끄적* 볼펜으로 스케치했지만 정성을 담은 업체를 선정했다. 그랬더니 3D 작업을 해서 제안서를 낸 업체 하나가 전화를 해서 디자인 비용을 내놓으라고 했다. 여러 날 온 힘을 다했으니 그 대가를 받아야겠다는 것이다. 단 한 번도 디자인비를 별도로 준다고 하지 않았고, 계약도 하지 않았는데 난감했다. 이런 경우 어떻게 해야 하느냐고 주변 사람들에게 물었지만 모두가 돈을 주는 일이 없다고 했다. 디자인물도 원본이 아니라 A4 용지로 출력된 종이를 받

앉을 뿐이다.

　종일 실랑이를 했다. 달라, 줄 수 없다, 죽어도 받아야겠다, 죽어도 못 주겠다, 교수라는 사람이 왜 그리 무책임하냐, 그런 모독적인 얘기 삼가라, 그러니 빨리 줘라, 그럼 내가 왜 줘야 하는지 법적 근거를 내놔라, 너는 법으로만 사느냐, 이런 갈등 앞에서는 법보다 더 중요한 게 어디 있느냐, 지금 당장 가겠다, 오지 마라….

　그날 밤 잠을 자지 못했다. 아침에 그 사람에게 카톡을 보냈다.

　사람 사는 데는 마음의 일과 사회적 책임의 일이 있죠. 인정이나 우정 등이 마음의 일일 테고, 법과 질서가 사회적 책임의 일이겠죠. 돈과 관련된 일은 항상 갈등이 생기게 마련이어서 협약이나 계약이 필요한 것입니다. 그래야 갈등을 최소화할 수 있죠. 단 한 번도 당신에게 외부업체에 디자인해서 보여달라 하지 않았고, 당신과 계약한다고 하지 않았죠. 가격과 퀄리티를 볼 것이고, 계약을 하면 그때부터 책임과 의무가 시작된다고까지 했죠. 당신에게 그 비용을 지불해야 한다면 제게 제안서와 견적서를 제시한 다른 팀에게도 똑같은 조건으로 대가를 지불해야 하는 일이 발생하죠. 그렇기 때문에 계약이 중요한 것이죠. 그런데 막무가내로 대가를 지불해야 한다니 당황스럽습니다. 제가 당신과의 짧은 관계에서 책임져야 할 것이 있다면 그 증거를 찾아달라고 말씀드린 이유도 이 때문입니다. 각설하고, 드리겠습니다. 이 일로 소모적인 시간 보낼 여유가 없습니다. 대신 그 디자인 자료 원본은 카톡으로 올려주세요. 저 또한 디자인물을 성과품으로 가지고 있어야 합니다. 당연한 요구사항이고요. 그리고 오지 마세요. 만나지 맙시다. 함께하지 못해 아쉽고 죄송합니다. 좋은 일 가득하시길 바랍니다….

　이렇게 문자를 보내고 나니 속이 후련했다. 주변에서는 그런 경우가 어디 있느냐며 펄쩍 뛰었지만 나는 되레 마음이 편했다. 세상을 배우는 데 공짜가 어디 있는가.

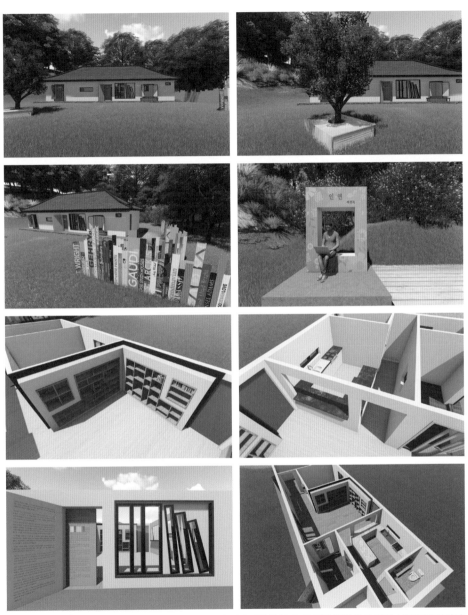

여러 업체로부터 제안서를 받았다. 이 디자인은 갈등 끝에 선택되지 않았다.

이웃집 찰스

마당 토목공사부터
시작했다.

이른 아침에 포클레인이 들어오더니 언덕을 정비했다. 열 사람이 하면 여러 날 걸려도 하지 못할 언덕 공사를 포클레인 한 대로 반나절에 말끔하게 해치웠다. 사람은 단 두 명. 현장 감독과 외국인뿐이었다. "사장님이 이 집주인이세요? 나 이 집 좋아요. 열심히 할게요." 묻지도 않았는데 검은 얼굴의 외국인이 내게 다가와 말을 걸었다.

파키스탄에서 온 외국인 노동자 찰스. 그는 한국생활 8년 차다. 돈을 벌겠다며 부인과 함께 낯선 땅 한국으로 왔다. 이곳에서 아이 둘을 낳았다. 아이들이 학교에 갈 나이가 되자 지난해 아내와 아이들은 고향으로 갔다. 찰스도 올 연말에 고향으로 돌아가야 한다. 그동안 한국에서 부지런히 일했다. 안 해본 것이 없다. 축사에서 똥 치우고 공사현장에서 막노동을 했다. 기계소리 가득한 공장에서 일하고 밭에서 배추 뽑는 일도 했다. 하루 일하고 일당을 받는 시간제 노동자였다. 그러다가 지금 일하고 있는 회사에서 고정 급여를 받게 되었다. 한국인보다 일을 더 잘했기 때문이다.

　실제로 찰스는 척척 알아서 일을 했다. 마당에 배수로를 파고 전기 지중화 작업을 했다. 우물을 파고 장독대를 만들었다. 처마를 길게 빼기 위해서는 기존의 처마 끝 매듭을 풀어야 했다. 이때마다 찰스는 현장 감독의 말 한마디만 듣고 연장을 가져오고 삽질을 했다. 거리를 재고 기계로 자재를 자르는 등 제 할 일 알아서 했다. 찰스는 이 회사에서 아주 중요한 일을 하고 있다. 없으면 일을 할 수 없을 정도다. 부지런하고 구시렁거리지 않으며 지치지도 않는다. 게다가 머리가 좋고 눈치까지 빠르단다. 실제로 한국 근로자를 여러 번 채용했는데 반나절도 못 버티고 도망가는 일이 허다했다. 힘들어서 안 하는 경우도 있지만 현장에서 일하는 것 자체에 대한 거부감도 적지 않다는 것이다.

　찰스가 핸드폰 화면을 열면서 사진을 찍자고 한다. 고향에 있는 가족들에게 보내겠다는 것이다. 함께 사진을 찍으면서 낯선 이방인에게 고마운 마음을 가졌다. 내 집 리모델링에 타국만리 이방인이 거들었으니 그냥 지나치면 동방예의지국의 매너가 아니다. 슈퍼마켓에서 막걸리 한 병 사 왔다. 그 친구에게 라면을 안주 삼아 한 잔 건넸다.

짐을 싸며

짐을 싸기
시작했다.

　　방 안에 있는 물건들을 임시 창고로 옮겨야만 리모델링이 시작되기 때문이다. 혼자 할 수 없어 가족이 모두 동원됐다. 동생 순자도 왔고, 조카 재용이도 거들었다. 처가에서는 처남과 처제가 함께했다. 내 짐은 모두 책과 작품이다. 책은 내가 쓴 책, 내가 기획한 책, 그리고 타인의 책들인데 만여 권에 달한다. 동화책에서부터 문학, 철학, 역사, 미술 등 종류도 다양하다. 중국과 일본을 수시로 드나들었기 때문에 외국어로 된 책도 더러 있다. 책 애호가처럼 특정 장르를 집중적으로 수집한 게 아니라 필요할 때마다, 눈에 띌 때마다 책을 구하거나 수집했다. 쓸모없다고 버릴 수 없었다. 내 양심을 버리는 것 같아 간직했다.

　　아시리아 제국의 통치자 아슈르바니팔이 기원전 7세기 수도 니네베에 설립한 왕립도서관이 가장 오래된 도서관이다. 이집트의 알렉산드리아도서관은 40만 권이 넘는 책을 보유하고 있었다. 세계 각국에 우뚝 선 최고의 도서관들은 대부분 부유한 애서가들의 개인서고에서 비롯됐다. 피렌체의 메디치는 산마르코 인근 수도원에 도서관을 건립했는데 이탈리아 최초의 공공도서관이다. 실업가이자 자선가인 앤드루 카네기는 공공도서관 발전을 위해 자신의 재산 90%를 기부했다. 미국에만 1,670개의 공공도서관을, 전 세계에 2,509개의 도서관을 지었다. 이 때문에 서민들의 지적 수준을 한 단계 끌어올리는 데 지대한 영향을 주었다.

책과 함께 예술작품도 적지 않다. 달항아리만 20여 개 있고 찻사발도 100여 개에 달한다. 손부남, 강호생, 손순옥, 박영대 등 지역의 내로라하는 작가의 회화작품도 100여 점 된다. 장백순 작가의 조각품, 신철우 작가의 서예작품, 문상욱·송봉화 작가의 사진작품 등 골고루 있다. 이 또한 특별한 의미를 갖고 컬렉션한 것이 아니다. 지역의 작가 작품을 한 점 사면 그 작가의 희망이 1도씩 올라간다. 그래서 샀다.

짐을 싸는 일은 그 어떤 일보다 고되다. 해도 해도 끝이 없다. 책과 작품 위에 쌓인 먼지를 죄다 마셔야 했다. 이따금 빛바랜 사진이나 낡고 쓸쓸한 물건들이 나왔다. 오랜만에 보는 족보와 고서 앞에서 한참이나 머뭇거렸다. 초등학교 때 온 가족이 서울식물원으로 소풍 가서 찍은 사진 한 장에 마음이 갔다. 어머니가 내수성당에서 세례를 받을 때 찍은 사진도 있었다. 몇 해 전 이어령 전 문화부장관을 모시고 동아시아 문화도시 프로젝트를 진행했는데 그 명패가 책장 속에서 나왔다. 먼지 푸석이는 짐들

이 가득하니 정신까지 아찔하다.

  짐을 싸고 풀 때마다 느끼는 일이지만

  인생은 매 순간 짐을 싸고 푸는 과정의 연속이다.

  매일 삶이라는 여행을 떠나는 것처럼.

  그래서 신영복 선생은

  "인생의 가장 긴 여행은 머리에서 가슴으로의 여행"이라고 했던가.

아버지, 큰형, 작은형, 동생, 그리고 나(맨 우측).
초등학교 때 서울식물원으로 가족 소풍 가서 찍은 사진이다.

진퇴양난, 난공불락

난감했다.
대들보며 서까래가 온전한 줄 알았는데
천장을 모두 뜯어보니 엉망이었다.

두 차례에 걸친 리모델링 과정에서 구조변경을 한 게 화근이었다. 게다가 부엌쪽 일부 서까래가 내려앉았다. 일하던 팀 하나가 연장을 내려놓았다. 자신들이 하기엔 역부족이라는 것이다.

대들보며 서까래의 보존상태가 썩 좋지 않았다. 이 정도면 잘 다듬고 보강해서 사용할 수 있다는 의견도 있었지만, 생각했던 만큼의 아우라가 나올지 걱정이라는 사람도 있었다. 부수고 다시 지으면 될 일을 괜한 고생한다며 혀를 찼다. 진퇴양난(進退兩難), 난공불락(難攻不落)이다. 다시 덮을 수도 없고 앞으로 나아갈 수도 없었다. 애초부터 전통 한옥의 위풍당당함을 기대하지 않았지만 생각했던 것보다 심각했다.

상심에 젖은 나를 깨우는 게 하나 있었다. 바로 대들보의 상량문이었다. 예나 지금이나 집을 지을 때는 기둥에 보를 얹고 그 위에 마룻대(상량)를 놓을 때 상량문을 올린다. 상량문에는 집을 지은 연·월·일·시·좌향·축원문 등을 적는다. 그리고 집주인과 인부들이 함께 고사를 지내며 상량식을 가졌다. 그 빛바랜 상량문이 쓸쓸했다. 1970년 3월에 상량문을 올렸다고 기록돼 있었다. 지금으로부터 52년 전의 일이다. 한문의 서체는 누가 쓴 것인지 알 수 없지만 예사롭지 않았다. 붓끝에서 세월의 강물이 흐르는 듯했다. 햇빛에 바래면 역사가 되고, 달빛에 물들면 신화가 된다고 했던가. 상량문은 우리집의 역사와 신화를 모두 간직하고 있었다. 나도 모르게 그 강물 속으로 빠져들어갔다.

좌측 지붕이 내려앉은 모습이다.

기억의 파편을 더듬었다. 내가 네 살 때였다. 탕마당 바로 옆에 있던 초가집(초가집이었지만 큰집, 작은집이 함께 살 정도로 꽤 넓고 큰 집이었다)에서 살았다. 아버지는 승어골 등에서 크고 작은 소나무와 느티나무를 베어 목재를 만들었다. 당신께서 직접 깎고 다듬고 칠하는 등의 일을 했다. 목수들과 함께 새로 집을 지었다. 부엌, 안방, 골방, 윗방, 사랑방, 그리고 대청마루가 있는 집이었다. 집이 어느 정도 완성될 무렵에 면서기가 찾아왔다. 불법으로 벌목했다는 신고가 접수됐다는 것이다. 사촌이 땅을 사면 배가 아프다고 했던가. 틀린 말 하나 없다.

그날의 진한 땀방울, 그날의 염원과 아픔을 생각하니 도무지 물러설 수 없었다. 한옥 건축 전문가를 불렀다. 바로 앞 초정행궁의 한옥 건립을 책임 맡았던 김상렬 대표다. 살려달라고 애원했다. 그는 천장을 뚫어져라 살펴보더니 방법을 찾아냈다. 기존 도리를 잇는 대량(들보)을 2~3개 설치한다. 주방 쪽에 내려앉은 천장은 각파이브로 보강한 뒤 가리기를 해야 한다. 기존 나무의 종도리에 달대를 달아 처짐을 방지해야 한다. 보수공사를 할 때 10년 이상 한옥 건축에 참여한 목수가 일을 해야 한다. 천장이 무너지지 않도록 기둥을 세워놓고 보강작업을 하는 것은 필수다.

이렇게 전문가의 자문을 통해 리모델링에 대한 밑그림을 그렸다.
한 고비 넘겼다.
경험 많은 목수도 찾았으니 이제 성심을 다하는 일만 남았다.

거실주

거실 2

1. 대방을 2~3개 두면 거실은 보강상 처리 가능. (대방하여 되더 거충연결)

여기1   여기라인에   여기 3
                여기라인에
                여기 2

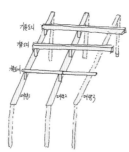

기둥도리
개도리
거충도리

여기1 여기2 여기3

주방

처마

1. 주방천장 : 탄탈역의하여 사각가가 인트)

2. 숙라이프 보강필요

1개 더 추가와 볼링   or   닿아 닿아 커림방지

거른 나무 중도리

∨ 표시 : 서까래 '뒤'가 들림 → 볼록이
버려움 → 처마전 맞추기 되요 (부위)

回 전반전인 주의사항

1. 정렬공후 각목부속를 불러 제작/사용을 말기실 것

2. 안전에 유의하여 작업할 수 운기 배려하실 것

김상렬 대표가 알려준 한옥 보강작업 예상도.

낙엽송과 다그라스

본격적인 고향집 고치기가
시작되었다.

마당 토목공사를 할 때는 파키스탄에서 온 찰스 덕을 봤는데 이번에는 이역만
리 캐나다와 독일에서 귀한 손님이 왔다. 캐나다산 낙엽송과 독일산 다그라스가 온
것이다. 사람들은 전통 한옥을 지을 때 금강송으로 짓는다고 자랑하지만 실제 금강
송을 이용하는 경우는 극히 드물다. 금강송 자체가 국내에 많지 않기 때문이고, 있다
고 해도 함부로 벌목할 수 없기 때문이다. 이런 이유로 정부에서도 수입목 중 소나무
과인 다그라스와 낙엽송을 고택 등 문화재 복원시 활용할 수 있도록 하고 있다. 초정
행궁을 지을 때도 캐나다산 낙엽송을 많이 사용했다고 한다.

낙엽송은 소나무 사촌이다. 소나무과에 속하며 한국과 일본을 비롯해 캐나다,
러시아 등 추운 지역에서도 잘 자란다. 어른 두 팔 굵기로 50m 높이까지 자랄 정도다.
한국의 금강송과 성질이 비슷하고 결과 향도 닮았다. 시인 박두진은 "가지마다 파아
란 하늘을 받들었다. 파아란 새순이 꽃보다 고웁다"며 낙엽송의 푸른 정기를 예찬했
다. 물 맑고 공기 좋은 캐나다에서 수십 년 살다 온 낙엽송이 우리집 서까래가 될 준비

를 하고 있다.

　다그라스는 처음 들어보는 수종이었다. 듣자 하니 차탁이나 원목 가구를 만들 때 많이 사용하는데 이 또한 국산이 흔치 않다. 그래서 독일산을 사용하기로 했다. 독일이야 오랫동안 산림정책이 잘 돼 있어 경제목이 많다. 건축자재로, 가구의 원료로, 생활소품 등으로 사용하는 나무들이 가득하다. 다그라스는 우리집의 대들보 역할을 하게 됐다. 지금의 대들보를 옆에서 보좌해주는 기능을 할 것이다.

　이렇게 낙엽송과 다그라스 목재 100여 개가 마당에 가득했다. 목수는 이것들의

영양상태를 살폈다. 가로와 세로의 사이즈를 잰 뒤 먹통을 꺼내 줄을 길게 빼서 먹침을 꽂고 튕겼다. 가는 먹줄이 파르르 떨렸다. 전기톱을 들고 먹줄을 따라 한 치의 오차도 없이 잘랐다. 대패로 거친 표면을 매끈하게 다듬었다. 나무를 보는 목수의 눈이 독수리처럼 매섭다.

이 집을 처음 지을 때 아버지도 목수들과
함께 마당에서 이렇게 작업을 했다.
예쁜 집, 평온한 집에서 행복한 가정을
꿈꾸며 땀방울을 흘렸을 것이다.
그 마음과 정성이 얼마나 간절했을까
짐작이 간다.
캐나다와 독일에서 온 나무들이 햇살 좋은
초정리 뜨락에서 등목을 하고 있다.
이름 모를 숲의 풍경이 끼쳐온다.
그 숲에서 자라온 주름이 곱고 예쁘다.
초정리 마당이 반짝반짝 빛나고 있었다.

나도 상량식

불현듯 나도
상량문을 쓰고 싶었다.

아버지의 낡고 빛바랜 상량문 옆에 아들의 것이 있으면 좋겠다는 엉뚱한 생각을 한 것이다. 마침 리모델링을 하는 도중에 지역의 여러 작가가 방문했다. 화가 강호생 작가, 전각과 서예 작가로 활동 중인 신철우 씨, 우리의 문화원형을 사진으로 담고 있는 송봉화 작가, 조각하는 장백순 작가, 디자이너 신진섭 씨, 그리고 문학인, 무용인 등이 옛집을 고치는 중이라는 소식을 듣고 찾아왔다. 이들은 집 안팎을 둘러본 뒤 좋은 결실이 있기를 응원했다.

오는 사람마다 한문으로 쓰여져 있는 빛바랜 상량문을 보여줬다. 글씨는 좋은데 뭔가 아쉬운 눈치다. 낡고 빛바랬기 때문일까. 기대했던 만큼의 아우라가 없기 때문일까. 마음이 뒤숭숭했다. 그 와중에 내 가슴을 후벼파는 게 있었다. 세종대왕이 다녀간 초정에 한글이 보이지 않았다. 집 앞에 있는 초정행궁 공원의 약수탕의 현판이 '椒井靈泉'이라는 한문으로 쓰여져 있다. 이 한문이 무슨 글씨인지, 무슨 뜻인지 아는 사람은 많지 않다. '井' 자 빼고는 다 어려워서 읽을 수 없다. 세종대왕이 121일간 머물며

한글창제를 마무리하고 요양했던 곳이니 한글 현판이 있어야 할 그 자리에 한문이라니. 나는 SNS를 통해 공개적으로 이 문제를 지적했다. 많은 사람들이 공감했지만 정작 행정기관은 요지부동이다. 그러니 행정이 삼류 딱지를 벗지 못하는 것이다.

그래서 상량문에 한글을 담고 싶었다. 이왕이면 옛날 어른들이 해왔던 요식적인 상량문이 아니라 이야기가 있고 진심이 담겨 있으며 누구나 쉽고 의미 있게 보고 읽을 수 있으면 좋겠다. 그래서 집 고치는 마음을 담은 짧은 글을 썼다. 오랜 소망이자 꼭 일구고 싶었던 진심이었다. 서예가 신철우 씨에게 글씨를 써달라고 부탁했다. 신철우 씨는 내가 준 글을 훈민정음 해례본과 언해본의 서체로 써 내려갔다. 한쪽에는 아버지의 상량문이, 바로 그 옆에는 아들의 상량문이 나란히 대청마루를 지키게 될 것이다. 풍경이 될 것이다.

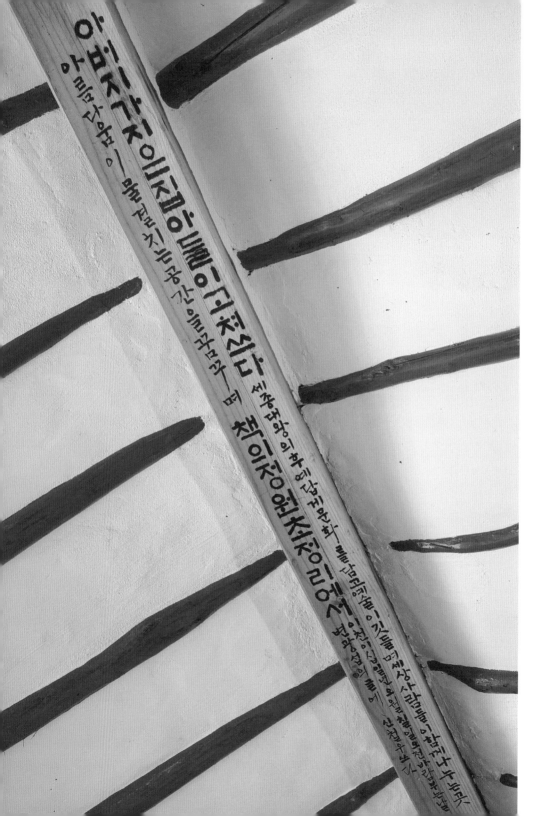

아버지가 지은 집 아들이 고쳐 쓰다.

세종대왕의 후예답게 문화를 담고 예술이 깃들며
세상 사람들이 함께 나누는 곳
아름다움이 물결치는 공간을 꿈꾸며
책의 정원 초정리에서

2021년 5월 7일.
변광섭의 글에 신철우가 쓰다.

기우제

"삼라만상(森羅萬象)은 가뭄에 시달려 고사하기 직전이옵고,
억조창생(億兆蒼生)들이 하늘을 우러러 단비를 갈구하기 어느덧 반년이옵니다.
임금된 자가 덕이 없으면 삼재팔난(三災八難)으로 나라를 괴롭힌다 하였으니
혹 이 소자의 부덕으로 인한 벌책을 내리시옴인저.
여기 염천에 면류관(冕旒冠)·곤룡포(袞龍袍)로 벌을 서옵나니
일체 허물을 소자 한 몸에 내리시고 단비를 점지해 주옵소서."

세종이 전국적인 가뭄으로 농민들의 고초가 커지자 직접 제주(祭主)가 되어 사직단(社稷壇)에서 축문을 읽으며 기우제(祈雨祭)를 올렸다. 『조선왕조실록』에는 무려 1,000여 차례나 흉년 기록이 나온다. 비가 오지 않아 백성들이 고통을 호소할 때마다 기우제를 지냈다. 기우제 기간에는 신축하던 공사를 중지하고, 온 나라에 금주령을 내렸으며 죄수들을 풀어주었다. 임금이 나라를 잘못 다스려 하늘의 벌을 받은 것이라 하여 스스로 몸을 정결히 하고 하늘에 제사 지내는 것은 물론 식음을 전폐했다. 또 궁궐에서 초가로 거처를 옮겨 임금 스스로 근신하는 모습을 보였다.

세종이 초정행궁에 머물 때도 극심한 가뭄이 있었다. 세종은 행궁에서 일하던 신하들을 고향으로 가 농사일을 돕게 했다. 피해를 입은 농민들에게 콩과 보리로 아픔을 달래도록 했다. 그리고 그 가뭄의 원인이 높새바람(푄)이라는 것을 확인했다. 높새바람은 늦은 봄에서 초여름에 걸쳐 동해로부터 태백산맥을 넘어 불어오는 고온 건조한 바람이다. 이 일대는 태백산맥의 백두대간 한남금북정맥이 지나니 가뭄 현상이 더욱 심했다. 세종은 그 근본 원리를 찾은 것이다.

그런데 농경의 시대도 아니고, 더군다나 집을 짓는 목수들이 기우제를 지낸다. 바로 고향집 리모델링에 참여하고 있는 목수들의 짓(?)이다. 목수가 연장을 든 날부터 사흘에 한 번꼴로 비가 왔다. "오늘은 누가 기우제를 지낸겨?" 자기네들끼리 키득거리며 비가 오는 것을 원망했다. 웃자고 하는 얘기지, 실제로 기우제를 지냈을까. 목수들은 토요일·일요일이 없다. 비오는 날이 노는 날이다. 그래서 일기예보를 보고 일정을 잡는다. 그런데 유독 올해는 봄비가 잦았다. 일주일이면 목공일을 마칠 것이라는 예상이 빗나가면서 보름 넘게 시름하고 있다. 이럴 때는 비 좀 그만 오게 해달라고 기청제(祈晴祭)를 지내야 할 마당인데 이러지도 저러지도 못하고 애만 태운다.

남으로 창을 내겠소

"남으로 창을 내겠소. 밭이 한참갈이 괭이로 파고 호미론 풀을 매지요.
구름이 꼬인다 갈 리 있소. 새 노래는 공으로 들으랴오.
강냉이가 익걸랑. 함께 와 자셔도 좋소. 왜 사냐건 웃지요."

김상용 시인의 '남으로 창을 내겠소' 전문이다. "왜 사냐건 웃지요"로 기억되는 이 시는 마지막 절구의 여운 때문에 시를 좋아하지 않아도 자주 응용되고 있다. '한참 갈이'는 한참 경작할 만한 농토를 뜻하며, '꼬인다'는 꼬신다를 뜻한다. 시골이든 도시든 세상의 풍경은 창을 통해 들어온다. 창문 하나 없는 골방을 생각하면 답답하다. 어둠의 세계이고 좌절과 고난을 상징할 뿐이다. 반면에 탁 트인 창문을 바라보면 드넓은 대지와 사계절 자연과 도시의 풍경이 밀려온다. 희망이고 용기이며 살아야 하는 이유가 아니던가. 그래서 정호승 시인은 "창문은 닫으면 창이 아니라 벽이다. 창문이 창이 되기 위해서는 창과 문을 열어놓지 않으면 안 된다"고 했다.

서양 속담에 "열쇠구멍으로 들여다본다"는 말이 있다. 문을 닫으면 한 치의 틈도 없기 때문이다. 그렇지만 한국에서는 "문틈으로 들여다본다"고 말한다. 문틈을 통해 안과 바깥의 풍경이 교차된다. 문풍지를 바르면 햇살과 바람과 달그림자가 스미고 젖

고 물든다. 그래서 창문은 어둠과 빛의 경계에 있는 상처다.

고향집은 남향이다. 아버지는 집을 지을 때 탕마당을 한눈에 바라볼 수 있도록 했다. 저 멀리 백두대간 한남금북정맥 구녀산과 상당산성이 보인다. 그 사이로 저곡 리와 우산리가 있고 가르마 같은 논과 밭이 있다. 아버지는 안방과 윗방, 그리고 사랑 방을 잇는 긴 마루를 냈다. 그 사이에 대청마루가 있었다. 마루에서 밖을 내려다보면 마을의 풍경이 한눈에 들어왔다. 봄 꽃 피고 여름 녹음 우거지며 가을 들녘과 단풍이 아름다웠다. 겨울엔 하얀 눈이 푹푹 내리는 설경을 바라보며 찐고구마를 먹지 않았던 가. 밤하늘의 별과 달을 바라보며 문학소년의 꿈을 키웠다.

아버지가 지은 집 아들이 고치면서 창문을 어떻게 낼까 고심했다. 마을의 풍경 을 담을 수 있는 창문을 내고 싶었다. 별을 바라보고 달과 함께 사랑을 속삭일 수 있는 창문 말이다. 햇살은 저만치서 소꿉놀이하고 유순한 바람이 들숨과 날숨을 이어가는 곳이기를 바랐다. 그래서 큰 통창을 냈다. 마루 대신 문밖 서까래를 더 길게 냈다. 벗 님이 오시면 이곳에서 잠시 두리번거리며 삶의 향기 깃들도록 했다. 그러니 어서 오 시라, 나의 사랑 나의 벗이여.

구렁이 두 마리

2주에 걸쳐 대들보와
서까래 공사를 했다.

낙엽송과 다그라스 원목으로 낡고 빛바랜 집 안팎을 다듬으니 멋스러움 가득했다. 나무 향도 나쁘지 않았다. 오가는 사람마다 멋진 한옥 한 채라며 좋아했다. 이제부터는 거실과 주방 쪽의 벽체를 헐어야 한다. 보실러실도 대대적인 정비를 한 뒤 남녀 화장실을 넣어야 한다.

이를 위해 인부들이 들어와 천장을 뚫고 벽체를 헐기 시작했다. 그런데 한쪽에서 웅성거렸다. 뭔 일인가 싶어 가까이 갔더니 팔뚝 굵기에 사람 키만 한 구렁이가 천장에서 내려온 것이다. 그것도 한 마리가 아니고 두 마리나. 어찌된 일인지 사람들에게 물었더니 구렁이가 새 알을 먹기 위해 천장 위에 올라갔다가 용접 냄새에 놀라 스스로 내려온 것이란다.

아니 왜 그 많은 숲과 계곡을 놔두고 우리집을 선택한 것인가. 처음에는 징그럽고 화가 났다. 가뜩이나 뱀 등 파충류를 싫어하는 내 성격에다 어머니가 독사에 물려 응급실로 실려 간 적이 있어 뱀은 천하의 사탄으로 생각하고 있었다. 성경에도 뱀은

사탄이 아니던가. 잠시 휴식기간이 지나고 나니 마음이 풀렸다. 옛날부터 구렁이는 사람들과 함께해왔기 때문이고, 사람들을 해치지 않기 때문이다.

　　구렁이는 집 근처 밭이나 밭두렁, 지붕에서도 생활한다. 성격이 온순하고, 주로 설치류를 먹는다. 나무를 매우 잘 타서 새들의 둥지를 습격하는 경우가 많다. 초가집이나 기와집 지붕 밑에 들어가 새를 잡아 먹거나 닭장의 달걀을 훔쳐 먹기도 한다. 가을철인 10월 말경부터 바위틈 속이나 땅 밑에 나 있는 굴에서 겨울잠을 잔다. 5~6월에 짝짓기를 하고, 7~8월에 6~21개의 알을 양지바른 곳의 돌 밑이나 볏짚 아래에 낳는다. 부화 기간은 45~60일이다. 수명은 자연 상태에서 20년 정도라니 파충류 중에는 최고의 장수 종이다.

　　구렁이와 관련된 설화가 많다. 꿈 해몽도 여러 가지다. 꽃이 만발한 산꼭대기에서 아래로 뻗은 청색 구렁이를 보는 꿈은 최고 권력자 또는 부귀영화를 암시하는 것이다. 구렁이가 자기 집 문턱에 허물을 벗어 놓고 사라지는 꿈은 결혼한 여성은 남편과 이별할 것을 예시한 것이다. 남편의 알몸에 구렁이가 감기는 것을 보는 꿈은 남편이나 친척이 곤란한 상황에 놓여지는 것을 암시하는 것이며, 우물가에 큰 구렁이가 득실거리는 것을 보는 꿈은 사업이 크게 성공하거나 사업가로 변신하게 된다고 하며, 구렁이에게 물려서 아픔을 느끼는 꿈은 훌륭한 배우자를 만나거나 자신을 도와줄 협조자를 만나 명예와 부를 얻는다고 한다. 물론 나는 그동안 내가 꾼 꿈은 모두 개꿈이었다.

두 마리의 구렁이를 뒷산으로 가져갔다. 독사라면 잡아 죽였을 테지만 구렁이는 사람을 위협하지 않고 생태계를 위해서도 필요하니 살생을 할 수는 없는 일이다. 게다가 오랫동안 비워있던 집을 지켜주었으니 고마운 마음도 살짝 들었다. 구렁이를 방생하면서 기도했다.

"구렁아, 이제부터 내가 이 집주인이니 두 번 다시 오지 말거라."

내 동생 순자

하나뿐인 내 동생은
이름이 세 개다.

영희, 경희, 순자. 영희는 할머니가 지었고 경희는 어머니가 지었다. 면사무소에 가서 출생신고할 때 아버지는 고심 끝에 순자라는 이름으로 신고했다. 그래서 어려서는 이 세 개의 이름을 함께 불렀다. 그중에서도 영희라는 이름을 즐겨 불렀다. 부르기 편하고 정감 있기 때문이다.

내 동생 순자는 내수읍에서 살고 있다. 딸만 셋 낳았고 초등학교 보육교사로 일하고 있다. 독실한 기독교인이다. 나이 오십 대 중반인데도 늙지 않고 젊은 미모에 마음씨는 얼마나 좋은지, 나는 친구들에게 '내 동생 순자는 천사'라고 얘기한다. 아버지가 일찍 돌아가셨기 때문에 오빠들이 애비 노릇해야 하는데 그렇지 못한 것이 내내 미안했다. 결혼식할 때도, 전셋집에서 신혼생활할 때도, 아이를 셋이나 낳아 기를 때도 제대로 도와준 게 없다. 그래도 그늘진 모습 하나 없이 꿋꿋하게 자라고 어여쁘게 살고 있으니 고맙고 대견스럽다.

우리에게는 오해도 다툼도 없었다. 나는 모두의 사랑을 받는 여동생, 온 세상을 합친 것보다 더 소중하고 사랑스러운 여동생을 응원하고 기도했다. 순자는 고향집 리모델링한다는 소식을 듣고 휴일마다 들른다. 오전엔 교회에서 예배를 본 뒤 점심 때 들러서 이삿짐을 나르고 청소를 하며 이런저런 일을 돌본다. 올 때마다 보온병에 커피를 타 온다. 함께 고향집에 앉아 커피 한 잔을 마시는 기분이 삼삼하다. 엊그제는 대청마루의 상량문을 보여주면서 어린 시절의 이야기를 나누었다. 내 동생 순자는 두 살 때의 일이기 때문에 기억할 수 없지만, 아버지가 집을 짓고 상량문을 쓰던 그날의 일을 이야기했다. 아련한 추억을 더듬어가니 그리움에 젖고 사랑에 젖으며 애틋함에 젖는다.

동생과 이야기를 나누던 중에 성령이한테 전화가 왔다. 성령이는 순자의 큰딸인데 서울에 있는 종합병원의 간호사다. 코로나병동에서 일하고 있는데도 힘든 내색 한 번 하지 않는다. 많은 동료들이 고되고 힘들다며 직장을 떠난다는데 성령이는 씩씩하게 일하고 있다. 성격도 좋고 착하고 예쁘니 진정한 나이팅게일이다. "외삼촌, 시골집 리모델링하면서 많이 야위셨다면서요? 제가 영양제 가지고 갈 테니 조금만 기다려주세요." 이 얼마나 고맙고 예쁜 조카인가. 말만 들어도 힘이 난다.

위대한 유산

고향집 고치는 데
많은 사람이 응원했다.

물론 몇몇은 부수고 새집 지으면 될 일을 고생 사서 한다며 안쓰러워했지만, 대부분은 잘하는 일이라고 기대와 응원의 메시지를 보냈다. 그중의 한 분, 바로 한명철 선생의 마음이 고맙다. 그는 괴산군 칠성면 소재지에서 예쁜 전원주택을 짓고 산다. 생태적이고 자연주의 삶을 실천하고 있다. 젊어서부터 미술에 관심이 많았다. 그래서 틈나는 대로 그림을 그리고 조각을 했다. 또한 옛것에 남다른 애정을 갖고 있다. 저잣거리의 골동품이 아니다. 옛 사람들의 삶의 애환이 담긴 것들인데 고서가 대부분이다. 얼마 전에는 벽초 홍명희와 관련된 자료를 홍명희문학관 건립에 사용해달라며 괴산군에 기증의사를 밝히기도 했다.

지금은 퇴직 후 스토리 아티스트, 자연예술가로 활동하고 있다. 공식적인 작가의 명함은 없지만 작가 이상의 아우라가 있다. 죽은 나무에 생명의 꽃을 피우는 작가이기 때문이다. 동네의 곳곳에서 얻은 나무를 활용해 조각을 하는데 사람과 동물을 의인화한 작품을 만들고 있다. 정교하고 섬세하며 아기자기한 맛에 스토리까지 입혔다. 한지나 광목에 손글씨와 그림을 담기도 하는데 때 묻지 않은 마음과 자연주의 산물이다.

당신께서 내게 값진 제안을 했다. 아버지가 지은 집, 아들이 고쳐 쓰겠다는 그 용기와 진심이 좋았단다. 그래서 뭔가 기여할 것이 없을까 고민하다가 세종대왕과 관련된 자료를 초정집에서 소개하면 좋겠다며 10여 점의 귀한 자료를 내놓았다. 박팽년의 간찰, 장영실 주조의 초주갑인자 자치통감, 이순지의 천문유초 필사본, 세종대왕 때 만든 악장가사, 한글약방문, 한글 화엄경, 허균의 홍길동전 필사본 등이다. 이와 함께 조선왕조실록에도 기록되어 있는 정조의 시와 효종의 간찰도 포함돼 있다. 말로 다 할 수 없는 귀하고 귀한 것들이다. 초정 인근에서 태어나 독립운동을 한 손병희, 한봉수의 간찰이 포함되어 있다.

이렇게 귀한 것을
어떻게 활용하면 좋을까 고심했다.
고향집에서 소개하면 좋겠지만
이보다도 더 값지고
의미 있는 공간에서
활용하는 것이 마땅하지 않을까.
대한민국의
위대한 유산이기 때문이다.

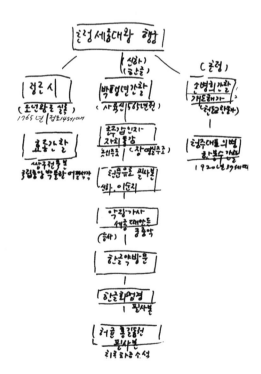

어머니의 발자국

어머니, 여름날 저녁 칼국수 반죽을 밀었다. 둥글게 둥글게 어둠을 밀어내면
달무리만 하게 놓이던 어머니의 부드러운 흰 땅, 나는 거기 살평상에 누워
별 돋는 거 보았는데 (중략) 솥 열면 자욱한 김 마당에 깔려….
아 구름 구름밭, 부연 기와 추녀 끝 삐죽이 날아오른다.

문인수 시인의 '칼국수'를 읽으면 어린 시절의 풍경이 내게로 온다. 엄마는 대청
마루에서 콩가루를 뿌려가며 칼국수 반죽을 밀었다. 가마솥에 멸치육수를 내고 장작
불로 끓였다. 애호박 썰어 넣었다. 고추 다대기를 넣어 먹으면 칼칼하고 시원한 맛이
일품이었다. 엄마의 칼국수 맛은 할머니한테 전수받았다. 홍두깨를 가보로 물려받았
을 정도니까.
　집수리가 시작되면서 집안의 집기를 정리했다. 대부분은 버려야 할 것들이지만
엄마의 집기가 하나둘 나오면서 머뭇거렸다. 다듬잇돌, 참죽나무 도마, 절구통, 맷돌,
양은솥단지…. 당신 허락 없이 버려도 되는지 마음이 무거웠다. 어린 시절 엄마의 밥
상을 생각하니 숨이 막혔다. 엄마는 하루 세 번, 부엌과 장독대를 오가며 가족의 먹거
리를 책임져야 했다. 그것만이 일의 전부라면 무슨 미련이 있겠는가. 새벽에는 밭으

147

로, 한낮에는 논으로 오가며 농사일과 가정일을 함께해야 하니 그 삶이 얼마나 힘들고 어려웠을까.

그래도 소년은 엄마의 밥 짓는 냄새가 좋았다. 안치고, 끓이고, 뜸 들이고, 누룽지 만들고…. 한소끔 끓이고, 익히고, 삶고, 찌고, 지지고, 다듬고, 다지고, 버무리고…. 고고, 빨고, 찧고, 찢고…. 썰고, 까고, 짜고, 까불고, 우리고…. 어느 시인은 엄마의 부엌을 '연금술'이라고 했다. 당신의 손이 가면 맛이 되고 멋이 되었으며 풍경이 되었다. 그 무엇 하나 허투루 버릴 것 하나 없었다.

그런데 박달나무로 만든 홍두깨가 보이지 않는다. 엄마의 부엌과 장독대를 오가며 당신의 물건들을 정리했는데 유독 홍두깨만 보이지 않았다. 아쉽지만 할 수 없는 일. 남아있는 물건이라도 잘 보존하기로 했다. 어디에 써먹을지는 나중에 생각하고…. 장독대 주변을 서성거리니 엄마의 발자국 소리가 들린다. 마중 나가야겠다.

비는 오고 일은 더디고

조금씩 윤곽이 잡히는가 싶더니 더디게 간다.
맑은 날보다 비 오는 날이 더 많기 때문이고
훼손 상태가 생각보다 심각하니 손볼 곳이 많기 때문이며
이왕에 하는 것 제대로 하려 하기 때문이다.

세상이 수상하니 하늘도 슬퍼하는지 오월 한 달 중 20일 넘게 비가 왔다. 맑은 날보다 비구름 가득한 날이 더 많았던 것이니 현장에서 일하는 사람들이 속이 탄다. 하물며 집주인인 내 마음은 오죽할까. 맑은 날 틈틈이 대들보와 서까래 올리는 것이 끝난 뒤 처마를 길게 냈다. 천장을 허물고 푸른 산이 한눈에 보이도록 통창을 냈다. 이제는 방바닥에 보일러 깔고 미장작업을 시작해야 하는데 제날짜에 끝날지 걱정이다. 바닥과 미장은 잘 굳고 마르는 것이 중요하다. 그 일이 끝나야 다음 작업이 진행할 수 있다.

아무리 세상이 수상해도 비가 적당히 왔으면 좋겠다. 지은 죄가 많고 근본 없는 사내가 하는 일이니 할 말은 없지만 이러다간 내가 죽기 전에 집 고치기가 마무리되지 않을 것 같아 시름이 깊다. 마음이 조급해지고 있다. 내 꿈이 조금씩 사위어간다. 가끔

페이스북에 집 고치는 소식을 올린다. 비가 자주 와 힘들다는 심경을 토로했더니 많은 분이 응원의 댓글을 달았다. 응원 오겠다는 섬동 선생, 오늘은 해가 반짝이니 서두르라는 영석 씨, 느긋하게 가는 게 잘하는 것이라는 한명철 선생, 집 고치는 일이나 사람 키우는 일이나 더디게 제대로 가는 게 중요하다는 김태창 선생, 세상 일 쉬운 것 하나 없으니 힘내라는 박두순 선생, 두근두근 기대가 된다는 임가영 기자….

그래, 이왕에 시작한 것 서두르지 말자. 서둘러서 될 일 하나 없다.
낮고 느리게, 깊고 진득하게 가자. 더디게 가는 것이 제대로 가는 것이다.
가장 빠른 지름길은 지름길을 찾지 않는 것이다.
새새틈틈 꿈을 빚자. 아버지가 지은 집, 아들이 고쳐 쓰기로 했으니
제대로 사용할 수 있는 전략을 구상하자.

생얼 미인

미인 중에 최고의 미인은
생얼 미인이다.

　　화장을 아무리 잘해도 생얼 미인을 따라갈 수 없다. 생얼은 가공의 반대말이다. 그 무엇도 덧칠하지 않은 있는 그대로의 모습, 그런데 그 모습이 화장을 오지게 한 여인보다 더 아름답다. 마치 자연이 주는 신비감처럼 묘한 매력이 있다. 그래서 고향집을 고치는 내내 자연의 아름다움을 담고자 애썼다. 낙엽송과 다그라스 원목으로 대들보와 서까래를 낸 이유도 여기에 있고, 대청마루에서 밖을 시원스레 내려다볼 수 있도록 큰 창을 낸 것도 이 때문이다. 그리고 아주 기본적인 화장만 하기로 했다. 화장을 하지 않으면 안 되는 불가피한 곳이 있기 때문이다. 건축에서는 이를 두고 미장이라고 부른다.

　　미장을 하는 데 근 한 달이나 걸렸다. 시도 때도 없이 들이닥치는 비소식 때문이기도 하고, 워낙 손볼 곳이 많기 때문이다. 집을 뜯어보니 흙벽돌을 쌓고 천장에는 수수깡으로 촘촘하게 엮어 쌓아 올렸다. 서까래 군데군데 훼손된 부분이 적지 않았다. 기와집에서 함석지붕으로 바꿀 때 일부 공간이 훼손됐는데 그 상황이 심각했다. 참새

152

들이 처마 밑에 수없이 많은 집을 지었으니 그 구멍도 메워야 했다.

　미장일을 하는 사람이 처음에는 두 명, 나중에는 네 명이 달라붙었다. 이들은 각자 자기들만의 미장용 가방을 들고 다녔다. 그 가방 속에는 양고대 흙칼, 오사이흙손, 흙솔 등 20여 개의 미장 도구로 가득했다. 여인들이 화장할 때 쓰는 도구를 엿보는 듯했다. 인부들은 기존의 천장과 벽면에 상처난 곳을 하나씩 보수하기 시작했다. 건물 안쪽을 한 뒤 건물 바깥쪽으로 옮겨서 똑같은 방법으로 일을 했다. 그리고 시멘트로 1차 마감을 하고 재차 마감을 했다. 붉은 벽돌이 시멘트벽으로 변신했다. 보기 흉했던 곳이 감쪽같이 사라졌다.

　미장일의 하이라이트는 도색이다. 어떤 색을 칠하느냐에 따라 건물의 느낌과 풍경이 다르기 때문이다. 나는 집 내부와 외부 모두 하얀색으로 칠하자고 주문했다. 그래야 말끔한 분위기가 날 것이고 대들보와 서까래 등 원목과 조화롭기 때문이다. 대신 사람이 사는 방은 전통 한지로 도배를 하고, 외벽의 밑동은 진한 회색을 칠하도록 했다. 편안하고 아득한 느낌, 생얼은 아니어도 생얼을 보는 듯한 마음이 들도록 했다.

보일러 놓고 외벽 칠하고

일이 바쁘게
돌아가기 시작했다.

넬모레 또 비가 온다고 하니 그전에 끝내야 한다. 방바닥에 보일러를 깔아야 하고 외벽에는 도색을 해야 한다. 장마지기 전에 인테리어와 정원까지 마무리하려면 햇살 있을 때 서둘러야 했다. 보일러 전문가가 들어왔다. 바닥에 은박매트를 깔고 보일러 호수를 촘촘하게 정렬했다. 그 위에 철망(와야메시)를 깔았다. 시멘트로 바닥을 덮어야 하는데 부식되거나 훼손되는 일 없이 단단하게 오래 버틸 수 있도록 하기 위해서다. 시골집치곤 작은 규모가 아니기 때문에 온종일 걸렸다.

다음날 새벽에 레미콘 차가 들어왔다. 장화를 신은 인부 두 명이 긴 호수를 연결해 반죽 된 시멘트를 골고루 깔았다. 일전에 마당에 깔았던 시멘트와는 종류가 다르다. 이름하여 몰탈 시멘트다. 기계가 하고 전문가가 하니깐 일사천리로 진행되었다. 바닥 깔기가 끝나고 두어 시간 지나자 인부들은 특수제작된 넓죽한 신발을 신고 바닥 고르기를 했다. 길고 날카로운 시멘트 전용 칼이 시멘트 바닥을 지날 때마다 사르륵 사르륵 소리가 났다. 한 치의 오차도 없이 바닥 수평이 잡혔다.

하늘은 항상 내 편이 아니었다. 건물 외벽에 색을 칠하기로 한 날 온종일 비가 왔다. 인부들은 날씨 때문인지 아침에 오지 않았다. 짜증이 났다. 누구 말대로 부수고 새 집 지을 것을 괜한 고생 한다며 혼잣말로 구시렁거렸다. 이제는 너저분하다 못해 흉물로 둔갑한 고향집을 보면 화가 나고 답답했다. 그런데 점심때쯤 인부들이 들어왔다. 도색 전문가들이다. 비가 오는데 괜찮겠느냐고 물었더니 걱정하지 말란다. 유성 페인트로 칠하기 때문에 큰 문제가 없다는 것이다.

건물 외벽에 페인트 칠을 하는 것은 지붕도 빨간색, 벽돌도 빨간색이기 때문이다. 이 부조화를 극복하기 위해서는 빨간 벽돌을 흰색으로 칠하는 것이다. 색을 칠하면 훨씬 깔끔해질 뿐만 아니라 방습, 방청(녹 발생방지) 등 건물을 보호하는 데도 유효하다. 그래서 벽면은 흰색으로, 벽면의 아랫부분은 회색으로. 서까래는 빨간색으로 칠했다. 빨간 서까래에 윤기가 흘렀다. 우중충했던 기분이 환하게 빛나고 있었다.

자연을 닮은 집

엊그제는 오랫동안 고향집을 지키고 있던 구렁이를 돌려보냈는데,
오늘은 강남 갔던 제비가 찾아왔다.

어린 시절엔 매년 모내기 철만 되면 제비가 고향집 처마 밑에 둥지를 틀었다. 제비들은 날렵한 춤사위로 써레질을 한 논에서 진흙과 지푸라기들을 물어왔다. 처마 위에 집을 지었다. 듣자 하니 제비뿐만 아니라 대부분의 새들은 해충이나 동물들의 침입을 막고 어린 새들의 면역력을 높이기 위해 신선하고 강력한 종류의 풀과 약초를 물어다 둥지를 튼다. 그리고 자신들만의 고유한 침으로 견고한 집을 지었다. 오랜만에 제비를 보았으니 기분은 좋았지만 어쩔 수 없다. 내 집도 다 짓지 못했는데 제비들이 먼지 집을 짓게 할 수는 없는 법. 아쉽고 미안하지만 돌려보냈다.

천장을 뜯으니 사람 머리 크기의 벌집도 있었다. 누구는 벌집이 최고의 건축이라고 예찬한다. 벌은 배 아래쪽에서 분비되는 밀랍으로 집을 짓는다. 밀랍은 나무 진액과 꽃가루, 납, 그리고 자기 내부의 효소가 섞여 만들어진다. 최소한의 밀랍으로 가볍고 튼튼한 집을 만들고 한정된 공간에 최대한의 꿀을 저장할 수 있다. 벌집을 가리켜 "건축공학의 경이"라고 부르는 이유다. 주인 없는 집을 벌들이 왱왱거리며 살았을

것이니 내 집은 자연의 집이 아니던가. 주인 없는 집을 오랫동안 지켜온 벗들이 또 있었다. 딱새, 박새, 촉새, 참새…. 산밑에 있는 집이라 그런지 새들의 낙원이었다. 그 새가 그 새 같지만 크기와 색깔과 울음소리가 조금씩 다르다. 딱새는 갈색에 날개에 흰 부분이 있다. 박새는 배와 뺨은 흰색이며, 날개는 대체로 회색빛을 띤다. 배 가운데로 넥타이 같은 검은 줄무늬가 있는 것이 특징이다. 촉새는 갈색을 띤 황록색에 아래쪽은 노란색, 가슴과 안쪽 날개에는 갈색 세로무늬가 있으며 참새보다 조금 크다. 참새는 다갈색이고 부리는 검으며 배는 잿빛을 띤 백색인데 토종 텃새 중에 가장 흔히 볼 수 있다. 이들 새는 잘 보아야 구분이 되고, 오래 보아야 알 수 있다. 뻐꾸기와 소쩍새, 그리고 부엉이는 저 멀리 소리만 들어도 알 수 있다. 소쩍소쩍 소쩍궁 하고 울면 솥이 부족할 정도로 풍년이 올 것이니 큰 솥으로 바꾸라는 뜻이고, 소텅소텅 하고 울면 솥이 텅텅 비는 흉년이 온다는 뜻이었다. 이들 새 모두가 고향집을 오가는 귀한 손님이다.

자연의 풍경을 제대로 담기 위해 거실에는 통유리를 넣었다. 그런데 일이 터졌다. 새들이 새벽부터 오가더니 유리창을 들이박은 것이다. 뇌진탕으로 쓰러졌다. 황급히 달려가 새를 안고 주둥이를 벌려 물을 먹였지만 졸도한 듯 옴짝달싹하지 않았다. 노랑할미새였다. 마음이 불안했다. 장례 절차를 밟아야 할 것 같았다. 한참을 노랑할미새 곁에서 서성거렸다. 두 시간쯤 지났을까. 노랑할미새는 눈을 뜨고 파닥거리더니 뒷산으로 날아갔다. 아휴, 긴장했던 내 마음을 쓸어내렸다.

노랑할미새가 유리창을 들이박고
뇌진탕으로 쓰러졌다.

이처럼 고향집은
자연과 함께하는 집이었다.
우리 가족이 살았을 때도,
여러 해 빈집으로 버려져 있을 때도
자연이 깃들어 있었다.
그러니 그 고마운 마음을
담기 위해서라도
100년 가는 집을 지어야겠다.
섬동 시인은
"목수는 목(木)숨을 걸고
집을 짓는다"라고 했는데,
나는 지금 내게 묻는다.
진심을 다하고 용기를 다해
집을 짓고 있는지.
옷깃을 여민다.
그 진심과 용기가 나의 희망이 되고
누군가의 삶의 향기가 되면 좋겠다.

칠하고 바르고
젖고 물들고

조금씩

아주 더디게 간다.

서까래는 그대로 살렸고 대들보만 새로 올렸다. 천장과 바깥 벽은 하얗게, 서까래는 붉은색으로 칠했다. 아버지가 천장 도배를 할 때 신문지를 사용했다. 천장과 서까래에 빛바랜 활자가 숨죽이고 있었다. 낡고 오래된 신문조각을 보니 '기영사진관', '금성당' 광고가 보인다. 청주 북문로라고 하니 지금의 성안길 어딘가에 있었을 것이다.

이런저런 핑계로 여러 날 인부들이 들어오지 않았다. 어찌된 영문인지 물었더니 보일러 공사를 한 부분이 다 마를 때까지 기다리는 중이란다. 이 뜨거운 여름에 반나절이면 모두 마를 것 같은데 일주일 넘게 기다려야 한다는 게 도무지 믿기지 않는다. 그렇지만 서두르지 않기로 했으니 더디게, 아주 더디게 간다.

암튼 오랜만에 공사가 재개되었다. 벽면에 은박으로 된 골판지를 붙이고 나무 판넬로 고정시켰다. 겨울철 외부의 찬 공기가 들어오는 것을 막고 내부의 열 소모를 최소화하기 위해서다. 그 위에 한지로 도배를 했다. 천장이 내려앉은 주방 쪽은 미송으로 마

감했다. 현관 주변의 벽면도 미송으로 마감했다. 자연의 숨결을 담기 위해서다.

　　방바닥과 장판을 깔았고 거실 바닥은 강마루로 마감했다. 주방에는 싱크대를 넣고 오픈형 벽장을 제작해 설치했다. 요리와 식사를 겸할 수 있는 레스토랑 바를 설치했다. 싱크대와 레스토랑 바도 원목으로 마감했다. 칠하고 바르고 젖고 물들고…. 자연이 그렇듯이 내가 살 집도 그렇게 했다. 마음 같아서는 에어컨 하나 없이 자연의 바람과 바람의 흐름에 사람의 몸과 마음을 맡기고 싶었지만, 이것까지는 자신이 없었다. 고심 끝에 거실 주방 쪽 천장에 에어컨을 달았다. 이름하여 시스템 에어컨이다. 그리고 거실 천장 중앙에는 선풍기를 달았다.

다시 찾은 보물

무슨 보물을
찾았냐고요?

초정 고향집 보물이 아니라 세종대왕 초정행궁의 숨은 이야기를 찾았다는 것이
다. 아시는 분은 아시겠지만 나는 오랫동안 세종대왕 초정행궁과 초정약수에 지대한
공을 들였다. 내 책『생명의 숲, 초정리에서』가 문화부 우수도서로 선정된 이후 세종
대왕 100리, 세종대왕과 초정약수 관광개발 정책사업을 전개했다.『세종대왕 초정행
궁과 초정 10경』,『초정리 사람들』등의 책을 펴냈다. 정책발굴에서부터 조사연구, 스
토리텔링, 음악, 음식 등 다양한 분야에 걸쳐 콘텐츠를 찾아나섰다.

고향집을 고치는 와중에도 일 하나 저질렀다. 바로 지역특화콘텐츠 공모사업
에 선정된 것이다. 이름하여 〈세종대왕 초정행궁 121일의 비밀, 다시 찾은 보물〉이다.
세종대왕과 관련된 초정행궁의 이야기는 크게 10가지로 정리될 수 있다. 세종대왕이
1444년 봄·가을 두 차례 방문해 행궁을 짓고 121일간 머물며 당뇨병 등의 아픔을 치료
했고, 한글창제 마무리 작업을 했으며, 초정리에 옥이 발견되자 박연을 불러 편경을
제작토록 했다. 또 조세법 개정을 의한 시범도입을 했고, 초정리 주변 마을의 노인들

을 초청해 양로연을 베풀었으며, 청주향교에 책을 하사하는 등 학문장려에 힘썼다. 극심한 가뭄의 원인이 푄현상 때문인 것을 확인하였으며, 가뭄으로 고생하는 농민들을 위로하고 어가행차 중 전답에 피해를 본 농가에게는 곡식으로 보상토록 했다. 행궁을 지키는 경호실장이 급사하자 장례를 지원하고, 대마도 사신과 머리를 맞대며 외교행정을 펼쳤다.

나는 이러한 내용을 어떻게 세상에 알리고 지역의 소중한 문화콘텐츠로 특화할 것인지 고민하던 중 정부의 공모사업을 준비한 것이다. 초정행궁 구석구석을 다니며 세종대왕의 이야기를 AR(증강현실) 체험토록 하고 조선의 책가도를 실감형 MR(혼합현실) 미디어아트로 체험하며 자신만의 AR 아바타를 만들어서 가상 공간에서 세종대왕과 게임을 즐기는 등의 다양한 디지털 체험을 기획한 것이다.

이를 위해 내가 '나랏말싸미'라는 제목의 노래를 작사했다. 강효욱 선생이 내 글에 곡을 넣었으며 소리창조 예화가 노래를 불렀다. 음악이 디지털 콘텐츠 속에 스며들 것이다. 이렇게 해서 만들어진 콘텐츠는 제페토라는 메타버스 가상 체험공간에 장착될 것이고 전 세계의 수많은 사람이 참여하고 즐길 수 있도록 한 것이다. 세종대왕의 창조정신을 이어가는 길 또한 내게 부여받은 소임이니까. 그래서 세종대왕 초정행궁의 스토리를 이 시대 최고의 디지털 콘텐츠로 특화하려는 것이다.

"사람들로 하여금 쉽게 익혀 날마다 쓰는 데 편하게 할 뿐이다."

"스물여덟 글자로써 전환무궁하여 간단하고도 요점을 드러내고 정밀하고도 뜻이 두루 통한다."

"산학은 국가에 요긴한 쓰임이 있음으로 대대로 소홀히 하지 않았다."

"의정부를 비롯해 지방 관리들까지 그리고 여염집 백성들까지 모두 찾아가 찬성과 반대의 의견을 물으라."

"온 힘을 기울여 백서를 만들라. 후세 사람들이 지금 경들이 우리 역사에 없었던 일을 해냈음을 알게 하자."

"예와 악은 정치의 근간이므로 음악을 살피면 정치를 알 수 있다."

"전국의 경험 많은 농부를 찾아가 두루 묻되, 우리 땅에서 새로 실험도 해본 후에 갖추어 아뢰게 하시고."

"안으로 정치를 닦기에 힘쓰고 밖으로 외적 막을 방도를 취하시니."

한옥문을 달고

이제 문을 달아야 할
시간이다.

　마당이 보이는 큰 창은 통유리로 했지만 나머지는 전통 한옥의 문과 창을 달았다. 큰방이 있던 곳은 갤러리로 꾸미면서 별도의 출입문을 냈는데 이중으로 문을 냈다. 밖에는 여닫이문을, 안에는 미닫이문이다. 안전과 보온을 염두에 두며 느낌을 살린 것이다. 안방으로 들어가는 문은 여닫이로 제작했고 안방에 있는 창은 들창을 냈다. 창을 들어 올리면 장독대와 뒤꼍의 정원이 보이도록 했다. 그리고 거실의 뒤쪽에도 문이 두 개 있는데 하나는 들창을, 하나는 여닫이를 만들어 넣었다.

　한옥에서 창문은 매우 중요하다. 그 집의 아름다움을 함축적으로 담고 있기 때문이다. 사찰의 창문살이 다양하고 섬세하며 화려할수록 사찰의 품격이 드높아진다. 사찰은 문의 순서에 따라 종류와 의미가 다르다. 일주문, 금강문, 천왕문을 지나 부처님께서 머무르시는 금당으로 향한다. 주존불을 모신 금당의 창호(窓戶)에는 부처님께 올리는 꽃을 문살 가득히 아로새긴 빗꽃살문, 소슬꽃살문, 소슬금강저살문이 장엄하

게 아름답다. 스님들이 경전을 공부하는 강당, 참선을 수행하는 선방, 생활공간인 요사의 큰 방문을 장식하고 있는 띠살문, 완자살문, 우물살문, 완자살문 등은 고요하고 경건하게 수행에 전념할 수 있도록 단순 소박함으로 장식되어 있다. 위치에 따라, 쓰임에 따라 창살문의 형태와 문양이 달랐다.

　내 집이야 사찰의 창문살과는 견줄 수 없지만 나름 단정하게 하려 했다. 그래서 목재는 홍송으로 했다. 캐나다나 러시아 쪽에서 자란 침엽수림이라는데 금강송처럼 진한 향은 아니지만 붉은색을 띠면서 나름의 품격이 느껴졌다. 창살의 문양도 크기와 공간의 특색에 맞게 했다. 세살, 교살, 격자살, 완자살 등 화려하지 않고 소박하되 느낌 있다고 할까.

　이제 한지를 발라야 한다. 이왕이면 우리 동네의 종이를 쓰고 싶었다. 벌랏한지 마을의 이종국 선생께 부탁했다. 기꺼이 해주기로 했다. 어디 이뿐인가. 당신이 직접 풀까지 써 와서 한지를 바르는 수고를 마다하지 않았다. 닥나무를 재배하고 수확하며 한지를 뜨는 일을 수십 년 해왔다. 새소리, 바람소리, 햇빛 쏟아지는 소리 등 자연의 숨결을 온전히 종이에 담았다. 그 종이가 초정리 집을 하얗게 수놓았다. 자연의 내밀함에 젖고 스미며 물들고 있다. 오늘 밤, 나는 문풍지 사이로 비추는 보름달을 볼 수 있을 것이다.

　시인들에게 보름달은 무엇인까. 김종해 시인은 "누군가 나를 지켜보는 이 있어, 나는 하늘을 잠시 보았다. 아, 하늘에는 어머니가 환하게 웃고 계신다"고 했고, 노창선 시인은 "은은한 당신의 저고리 같은 마음으로, 하얗게 물든 싸리꽃도 피겠습니다"라고 했다. 이해인 시인은 "둥근 달을 보니, 내 마음도 둥글어지고, 마음이 둥글어지니, 나의 삶도 금방 둥글어지네"라고 했으며, 정호승 시인은 "밤이 되면, 보름달 하나가, 천 개의 강물 위에, 천 개의 달이 되어 떠 있다"라고 노래했다.

　고향집 문풍지 사이로 보이는 보름달에
　병상의 어머니가 웃고 계실까,
　아니면 하늘에 계신 아버지가 찔레꽃을 꺾어 오실까.
　오늘 밤, 잠이 오지 않을 것 같다.

풍경 소리

골동품 가게에 들러
풍경을 샀다.

    좌우측의 처마 밑에 하나씩 달기 위해서였는데 주인은 덤으로 두 개를 더 주었다. 사방으로 풍경을 달 수 있게 되었다. 풍경은 손으로 흔들어서 소리를 내는 요령과 달리 바람에 흔들리며 스스로 소리를 낸다.

    모든 사찰에는 풍경을 단다. 사찰의 풍경은 경세(警世)의 의미를 지닌 도구다. 삶의 깨우침 말이다. 풍경의 방울에는 물고기 모양의 얇은 금속판을 매단다. 물고기는 잘 때도 눈을 감지 않는다. 수행자는 잠을 줄이고 언제나 깨어 있어야 한다는 의미를 지닌다. 그래서 법당이나 불탑에는 반드시 풍경을 매달아둔다. 물고기 비늘에 바다가 스미듯 인간의 몸에는 자신의 살아온 삶의 시간이 스민다. 헛된 욕망 부려놓고 정진하라는 의미일 것이다.

    시인의 언어가 내 가슴을 친다. 정호승 시인은 "운주사 와불님을 뵙고 돌아오는 길에, 그대 가슴의 처마 끝에 풍경을 달고 돌아왔다"고 했고, 박노해 시인은 "물고기 형상으로 처마 끝에 매달려, 이 추운 새벽 나를 깨우는 소리(중략) 부디 살아서 정진하라, 시린 새벽 풍경 소리 땡그랑 땡그랑"이라고 했다. 공혜련 시인은 "그대 가까이에서, 풍경 소리 들리면, 온 힘 다해 달리는, 나인 줄 알아줄래요? 그대여 그대여, 언제나 바람 부는 날에는"이라며 풍경 소리에 사무친 마음을 노래했다.

　알고 있을까. 바다의 물고기가 하늘을 나는 새가 되기 위해 수많은 밤을 뒤척였다는 사실을, 견딤이 쓰임을 만든다는 것을, 꿈을 빚기 위해 항상 눈뜸으로 견디며 지켜온 나날의 값진 시간을. 그래서 바람이 어깨를 스치기만 해도 풍경 소리가 맑게 빛난다. 산과 들과 호수의 풍경이 내 안으로 스며들어와 새로운 풍경을 만든다. 사람들은 이곳에서 일상의 형식을 부려놓는다. 텅 빈 마음으로 하나의 풍경이 된다.

　여행 중에 가장 긴 여행이 머리에서
　가슴으로의 여행이라고 했다.
　생각해 보니 삶 자체가 기나긴 수행이다.
　처마 밑에 풍경을 달 때
　내 마음의 처마 끝에도 풍경을 달았다.
　어느 날, 바람 불어와 풍경 소리 들리거든
　내 애틋한 삶이 만들어낸 바람이라는 것을,
　그대를 향한 나의 사랑이라는 것을 알면 좋겠다.
　늘 깨어 있는 마음으로, 눈뜸으로, 맑은 소리로
　세상의 소중한 존재가 되겠노라 다짐을 한다.

이어령의 마지막 선물

집 고친다면서 이어령 얘기는
왜 꺼내느냐며 의아해하는 분들이 있을 것이다.

아시는 분은 다 아시겠지만 나는 오랫동안 이어령 선생님과 함께했다. 청주시가 동아시아문화도시로 선정되었을 때, 내가 오고초려(五顧草廬)해서 이어령 선생님을 명예위원장으로 모셨다. 당신과 함께 청주의 대표 브랜드를 '생명문화도시'로 만들었다. 태교마을, 3D마을, 한중일 토종문화시장, 청주국제공항의 문화공항 등 수많은 정책을 제안했다. 한중일 3국이 문화로 하나되고 문화로 새로운 미래를 펼치는 사업을 100여 회에 걸쳐 진행했다. 특히 젓가락페스티벌은 알자지라방송, NHK 월드 등을 통해 전 세계로 소개되었다.

이어령 선생님과 함께해온 이야기를 한 권의 책으로 펴냈기도 했다. 이름하여 『다시 불꽃의 시간』이다. 당신과 함께했던 그날의 일들을 생생하게 소개한 책이다. 최근까지도 나는 이 선생님을 찾아뵙고 문화에 대한 다양한 시선과 전략을 탐색했다. 그때마다 가슴이 뛰었다. "AI를 전쟁에 사용하면 재앙이 올 것이고, 문화에 사용하면 삶이 행복해질 것이다. 청주가 하면 세계가 할 것이고, 청주가 하지 못하면 세계 그

어느 도시에서도 할 수 없다. 청주는 지구상에서 찾아보기 힘든 생명문화의 도시다. 누가 청주를 바다 없는 도시라고 했나. 문화의 바다를 만들고 생명의 모항을 만들어라…." 말만 들어도 두 손을 불끈 쥐게 하지 않는가.

그런데 이어령 선생님이 많이 아프다.

복막암으로 투병 중이다. 선생님은 코로나 백신을 맞았으니 빨리 만나자고 하셨다. 한방약재에 정성까지 담아 끓인 유황오리백숙을 포장해서 가져갔다. 투병으로 힘든 시간을 보낸 탓인지 많이 야위었다. 말씀도 예전처럼 힘차고 또렷하지 않았다. "내게 내년이란 없다. 아침에 눈뜨는 것도 하나님의 은총이 아니던가." 아, 세상의 모든 것들을 모두 내려놓은 마지막 말씀처럼 들렸다. 가슴이 아려왔다. "선생님 힘내셔야죠. 더 오래오래 건강하셔야 아직 일구지 못한 것들을 함께하셔야죠." 이렇게 말하고 싶은 마음 간절했지만 말문이 굳게 닫혔다. 아무 말도 할 수 없었다.

　　약간의 적막이 흘렀다. 나는 올 초부터 추진하고 있는 고향집 고치기 프로젝트를 설명했다. 세종대왕의 큰 뜻이 담긴 고향 땅에 '책의 정원'이라는 문화공간을 꾸미겠다며, 그곳에 선생님의 공간도 마련할 것이라며 사진도 몇 컷 보여드렸다. 선생님의 "멋진 일, 값진 일, 당신만이 할 수 있는 일을 하고 있다. 정말 훌륭하다"며 칭찬을 아끼지 않았다.

　　선생님은 다시 비장의 칼을 꺼냈다. "나는 지금 마지막을 준비하고 있다. 바로 지금까지 내가 해온 일들을 체계적으로 정리하고 디지털 아카이브로 시스템화하는 일이다. 그동안 펴낸 수백 권의 책을 체계화하는 것은 물론이고 88올림픽, 새천년위원회, 동아시아문화도시, 유네스코 행사 등의 모든 것을 모은 디지털자료관이 탄생할 것이다. 기존의 방식이 아니다. 이 모든 것이 씨줄과 날줄로 연결될 것이다. 시공을 뛰어넘어 세계가 이 속에서 함께 검색하고 사색하며, 소통하고 핵심 아이콘을 찾아 더 큰 일을 도모할 수 있게 될 것이다. 나는 죽어도 죽은 것이 아니다…."

　　선생님은 말씀을 이어갔다. "인간의 생물학적 유전자는 자식에게 물려주지만 문화적 유전자는 내가 만들어온 문화적 깊이를 이해하고, 내가 꿈꾸는 문화적 사유를 공감하며, 내가 만든 문화적 메시지에 희망의 등불을 켤 수 있는 사람에게 물려주어야 한다. 이제는 철학, 문학, 디지로그, 문화사업 등 분야별로 유산 물려주듯 상속자를 정하고 하나씩 물려주어야 할 시간이 왔다. 나는 당신에게 나의 문화사업의 유전자를 물려주고 싶다. 내가 다 일구지 못한 문화적 활동, 특히 우리의 문화원형과 지역의 자원을 세계만방에 알리고 지구촌이 하나되는 신세계를 펼치는 일을 이끌면 좋겠다…"

선생님의 이 말씀에 여러 날 잠을 이루지 못했다. 내 안의 60만 세포가 꿈틀거리는 것이 천둥 번개보다 더 요란했다. 얼른 깨치고 일어나 그 길을 가야 한다며, 하늘을 나는 새는 뒤돌아보지 않는다며, 용기 있게 정성과 진심으로 세상의 빛이 되어야 한다는 당신의 외침이 내 가슴을 때렸다. 그래서 선생님께 핸드폰 문자를 보냈다.

"선생님의 말씀을 깊이 새기겠습니다.
그 뜻을 이어받아 문화의 새로운 지평을 열겠습니다.
진심과 용기를 다해 힘쓰겠습니다."

이재인의 금일봉

나는 호(號)가
'종산'이다.

마칠 종(終), 뫼(山). 이름하여 산봉우리다. 40년 전 내게 문학의 꿈을 갖게 한 이재인 선생님이 주셨다. 문화계의 큰 산봉우리가 되라는 의미를 담았다. 이재인 선생님은 내가 중학교 때 국어과목을 담당했다. 이후 정부의 문화공보부에 근무했으며 경기대학교에서 국문학과 교수로 재직한 뒤 정년했다. 베스트셀러 『악어새』를 비롯해 100여 권의 책을 펴냈으며 월간문학상과 한국문학평론가협회상 등의 수많은 문학상을 수상했다. 지금은 충남 예산군 광시면에서 한국문인인장박물관을 운영하고 있다. 우리나라 유일의 문인인장박물관이다.

내가 글밭을 가꾸며 살 수 있었던 것은 이분의 영향이 컸다.

"너 글 잘 쓰는구나. 시인 해도 되겠어." 칭찬은 고래도 춤추게 한다고 했던가. 어린 소년에게 던진 이 한마디에 그날 이후 책을 읽고 글을 쓰는 문학소년이 되었고, 문학을 전공하는 청년이 되었으며, 문화예술의 현장에서 일하는 로컬 큐레이터가 되었다. 문화지리학이라는 학문이 있다. 맹모삼천지교처럼 내가 어디에서 태어나고 자랐

179

는지, 어떤 환경과 누구의 영향을 받았는지에 따라 한 사람의 미래가 바뀐다는 것을 체계적으로 설명하는 학문이다. 나는 세종대왕 초정행궁의 역사 깊은 곳에서 태어나고 자랐다. 글밭을 가꾸라며 아낌없는 애정을 주신 선생님이 곁에 있었다.

이재인 선생님은 내가 글밭을 가꿀 수 있도록 힘써주신 분이다. 이어령 선생님은 내가 문화기획자로, 로컬 큐레이터로 활약할 수 있는 용기와 전략을 주신 분이다. 내 인생에 가장 큰 영향을 받은 사람은 바로 이재인, 이어령 두 분이다. 물론 아버지와 어머니 빼고.

고향집을 고친다고 했더니 이재인 선생님이 달려오셨다. 금일봉까지 내 손에 쥐여 주며 몇 가지 의미 있는 말씀을 하셨다. 하나는 이곳을 문학관으로 특화하라는 것이었다. 지역 문인들의 자료를 테마로 해도 좋고, 세종대왕 콘텐츠를 화두로 삼아도 좋으며, 특정 문인 몇 사람의 책과 자료를 집대성해도 좋을 것이라고 했다. 문학관으로 등록하면 정부에서 지원하는 각종 사업에 참여할 수 있고, 전국의 문학관과의 네트워크도 가능하다는 것이다. 이와 함께 몇 개의 출판사와 몇 분의 문학인을 추천해 주셨다. 출판사의 다양한 책을 얻을 수 있도록 하는 한편 문학인과의 교류를 통해 콘텐츠 특화에 도움이 되면 좋겠다는 말씀을 곁들였다. 그중의 한 곳이 대전의 대표적인 출판사인 이든북인데, 이영옥 대표는 출간도서 200여 권을 기증했다.

최금녀 시인과 오만환 시인도 집 고치는 현장에 함께했다. 최금녀 시인은 우리 지역의 4선 국회의원이었던 신경식 전 의원의 부인이다. 『들꽃은 홀로 피어라』 등 10여 권의 시집을 펴냈으며 펜문학상, 현대시인상 등의 수많은 수상 경력을 갖고 있다. 특히 국내외 여러 문인의 귀한 육필원고 등을 소장하고 있는 분이다. 오만환 시인은 교육자 출신으로 진천에서 문학활동과 지역학 연구에 매진하고 있다.

이재인 선생님(좌측)과 최금녀 시인, 오만환 시인 등이 마실 왔다.

사람이 사람에게 희망이 될 수 있다는 것은 분명 복된 일이다.

내 삶에 큰 용기가 되고 희망이 되어준 분들이

곁에 있었기 때문에 여기까지 올 수 있었다.

이제는 내가 누군가의 희망이 되어야 할 시간이다.

당신께서 주신 그 사랑처럼,

나도 누군가에게 아낌없는 사랑을 주고 싶다.

더디더라도 함께 손잡고 갈 수 있는 따뜻한 사람이 되고 싶다..

유성종의 그날

충북도 교육감을 지내신 유성종 선생님.

많은 사람이 충북 교육계의 원로로 유성종 선생님을 꼽는 데 주저하지 않는다.

충북도 교육감을 7년 9개월 동안 맡아 일해오면서 충북의 교육발전과 인재양성에 헌신해온 분이다. 이후 주성대학교(현 충북보건과학대학교) 총장, 꽃동네대학교 총장을 맡는 등 후학양성은 물론 지역발전을 위해 힘써온 분이다. 청주에서 가난한 집안의 아들로 태어났다. 부모님은 먹고살겠다며 생후 8개월 된 아이를 업고 초정리로 들어왔다. 탕마당 뒷산 골짜기의 작은 외딴집에 살면서 소작농으로 일했다. 옆 동네에 서당이 있었는데 그곳에서 한학을 배웠다. 부모님은 가난까지 아들에게 물려줄 수 없다며 청주로 학교를 보냈다. 학교를 다니며 신문배달을 하는 등 일과 공부를 함께 해야 했다. 가난과 맞서야 했고, 일제강점기와 6·25라는 시대의 아픔을 온몸으로 겪어야 했다. 그렇지만 당신은 단 한 번도 꿈을 접은 적 없었다.

청년이 되어 다시 초정으로 들어왔다. 바로 우리집에서 신혼생활을 하며 약수공장에서 일했다. 일제가 만든 천연탄산주식회사였다. 일본의 광산재벌가가 적산가

옥과 공장을 짓고 운영했는데 천황에게 약수를 보냈을 뿐 아니라 약수를 담아 일본 군부대에까지 공급했다. 이때 100여 명의 노동자가 있었는데 당신께서는 유일하게 행정 업무를 맡았다. 젊고 총명했으며 사리판단이 분명했기 때문이다. 당시 우리집은 초가집이었지만 초정에서 제일 큰집이었다. 덕이 많은 할아버지와 할머니는 거처를 마련할 때까지 머무르라며 방을 내주셨다.

집 고치는 일이 한창 진행 중일 때 유성종 선생님이 만나고 싶다는 연락이 왔다. 워낙에 지역의 큰 어른이시라 뵙는 게 싶지 않았고, 어렵기도 했기에 만날 일이 많지 않았다. 다만, 내가 어렸을 때 아버님께서 "유성종 교육감이 초정에서 살았다"는 말씀을 하셨기에 궁금하기도 했다. 꼭 물어보고 싶었다. 당신을 뵙게 되니 궁금했던 것부터 여쭈었다. 나이 90이 넘었으니 더 늦기 전에 확인해봐야 할 게 아닌가. 유성종 선생님은 나의 짤막한 질문에 선친 이름부터 물었다. "할아버지는 '동' 자, '수' 자를 쓰셨습니다. 아버지는 '상' 자, '권' 자를 쓰셨고요." 그랬더니 내 얼굴을 한참이나 바라보았다.

"변 선생은 부친을 빼닮았어요. 나는 변 선생의 고향집에서 반년 가까이 신세 졌고, 당신 첫째 고모와는 함께 크고 자랐지요. 당신 할아버지는 성실한 농부였고, 할머니는 종갓집 맏며느리답게 후덕했고 마음이 좋았어요. 초가집이었지만 초정에서 가장 큰집이었고 살 만했으며 인심 좋았죠. 담배 건조장이 그 집밖에 없었어요. 가난할 때는 그것도 부러움의 대상이었지…"

그러면서 당장 초정 집으로 가자고 재촉하셨다. 초정 집에 도착하자마자 옛집의 터와 현재의 집을 오가며 추억의 보따리를 풀어놓기 시작했다. "저쪽에 내가 살던 집이 있었어요. 행터라고 불렀는데, 임금이 머물다 갔다는 행궁 터가 있던 곳이랍니다. 그 너머에는 서낭당이 있고 큰 바위가 있어요. 아랫마을 한봉수 의병장이 일본군과 맞서 싸운 곳이기도 하죠. 나는 개울 건너의 교재에 있는 서당을 다니며 공부를 했고, 일제가 지은 공장에서 일했어요."

옛 초정약수 공장 담버락에 있었던 초정약수 안내판.

"그때 변 선생의 선친 집에서 신세를 졌던 것이죠. 내가 왜 변 선생 선친께서 베푸신 따뜻한 마음을 잊겠습니까. 고맙고 감사하죠. 초정은 나의 고향이나 다름없어요. 나는 일제와 6·25, 그리고 시대의 아픔과 가난을 겪으면서 더욱 단련되었죠. 그날 이후로 풍요롭고 행복하며 함께 잘사는 대한민국을 꿈꾸었으며, 이를 위해서는 지역의 인재를 많이 키워야 한다는 신념으로 살아왔답니다."

울컥했다.
초정리 풍경에 대한 풀리지 않은 구석이 있었는데,
그 비밀의 문이 열리는 것 같았다. 가슴이 뜨겁게 달아올랐다.
역사는 과거와 현재의 끝없는 대화라고 했는데,
그 대화의 장에서 진정한 탐색과 성찰을 할 수 있게 되었다.
그리하여 더 큰 돋음의 시간을 만들 수 있을 것이다.

손으로 쓴 편지

독일의 심리학자 빌헬름 프라이어는
"글씨는 뇌의 흔적이다"라고 했다.

루터는 "세상을 바꾸고 싶으면 펜을 들고 글을 써라"고 했다. 19세기 러시아 시인 니콜라이 네크라소프는 "슬픔도 노여움도 없이 살아가는 자는 조국을 사랑하지 않는다"고 했다. 노브이 미르. 신세계는 그냥 오지 않는다.

김승섭은 '아픔이 길이 되려면'이라는 글에서 물고기 비늘에 바다가 스미는 것처럼 인간의 몸에는 자신이 살아가는 사회의 시간이 새겨진다고 했다. 문화지리학이라고 했던가. 내가 어디에서 태어나고 어떤 환경 속에서 자랐느냐에 따라 내가 만들어진다는 것이다. 그래서 책을 읽고 글을 쓰며 끝없이 탐구하는 것이다.

옛 물건들을 정리하다 보니 손으로 쓴 것들이 여럿 있었다. 오랫동안 직장생활을 하며 사용했던 수첩이 20여 개나 있다. 한 장 한 장 넘길 때마다 빛바랜 추억이 흑백 필름처럼 펼쳐졌다. 비엔날레를 하고 한국공예관을 운영하며 문화산업단지를 가꾸는 치열한 일상이 빼곡하게 담겨 있었다. 신문이나 잡지를 오려 붙인 게 적지 않았다.

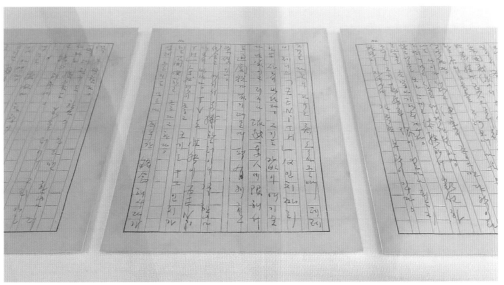

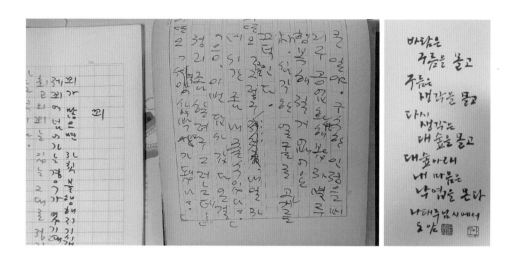

다이어리는 그날그날의 소소한 일상을 알려주고 있었다. 단 하루도 비워있는 날이 없다. 삶의 최전선에서 숨 가쁘게 달려왔으니 그 곤곤함이란 말해 무엇하랴.

손으로 쓴 편지가 여럿 있었다. 이어령 선생님은 "하강하는 중력, 상승하는 햇빛. 이 두 힘을 함께 지닌 일하는 사람 변광섭"이라는 짧지만 강렬한 메시지를 보냈다. 샘터사 김성구 대표는 "누군가를 기다린다는 것은 기쁨입니다. 그 누군가를 기다릴 수 있다는 것은 축복입니다. 어머니, 사랑하는 사람, 친구. 하지만 사랑은 그냥 기다리기보다는 먼저 달려가 사랑에 입맞춤하고자 합니다"라며 그리움의 연서를 보냈다. 섬동 김병시 시인은 내 책 『다시 불꽃의 시간』을 읽고 장문의 편지를 보내왔다.

캐나다에서도, 일본에서도, 이탈리아에서도, 중국에서도 벗들이 편지를 보내왔다. 극작가 한운사 선생님의 육필원고도 있고, 금속활자장 임인호 장인은 아예 금속활자로 "우리 사랑 책의 세상"이라는 글씨의 가지새를 만들어주셨다. 연필은 지적광산이라고 했던가. 편지를 쓰고 싶다. 사랑하는 나의 벗들에게….

물길을 내고 정자를 만들고

20여 년 전에 어머니는
마당에 지하수를 팠다.

깊이 100m가 넘게 들어갔다. 그때는 차갑고 톡 쏘는 약수였다. 혹시나 싶어 수중
모터를 넣어 물을 길어 올렸더니 약수의 맛이 나지 않았다. 물은 차고 넘쳤지만 예전
의 그 맛이 아니었다. 고민 끝에 물길을 내고 작은 연못을 만들기로 했다. 지하수를 끌
어올려 30m 거리의 연못으로 갈 수 있는 물길을 내는 것이다. 자연석으로 연못의 외
곽을 둘러쌓았다. 물이 새는 것을 막기 위해 돌과 돌 사이에는 시멘트로 막았다. 지하
수와 연못으로 이어지는 물길은 기왓장의 암컷과 수컷을 활용했다. 작은 마당에 시원
한 물길이 완성된 것이다.

지하수가 있는 곳에 작은 정자를 만들었다. 한옥 목수가 와서 기둥을 세우고 천
장을 만들었다. 복층 형태인데 아래층은 지하수를 보호하고 전기모터를 안전하게 지
키기 위한 것이다. 위층은 열린 구조인데 두 사람이 올라가 차를 마시며 책을 읽을 수
있는 크기다. 이곳에서 풍경에 젖고 풍류를 즐기며 삶의 향기에 취하면 좋겠다는 생
각이었다.

옛 선비들은 물 좋고 산 좋은 곳에 정자를 만들었다. 그곳에서 풍경을 보며 책을 읽고 글을 썼다. 바람과 햇살과 구름을 벗 삼았다. 대자연의 신비를 시심에 담았다. 가끔은 술과 노래를 즐기며 시름겨운 삶을 위로했다. 풍즐거풍(風櫛擧風)이라고 했던가. 탁 트인 풍경을 벗 삼아 선비들만의 유희가 있었다. 그래서 한국의 정자는 그 자체만으로 그림이고 시가 되며 노래가 된다. 풍경이 있고 풍류가 있으며 품격이 있다.

마당을 꾸미고 정자를 세우고 연못을 만들면 어떤 모습일까 궁금했다.
산만한 것은 아닌지, 집과 마당이 조화로운 것인지,
청소나 제대로 할 수 있을지 기대보다 걱정이 앞선다.

복을 밟고 오세요

물길을 내면서 물을 건널 수 있는
디딤돌을 놓았다.

그냥 디딤돌이 아니다. 너비 2m 규모의 널찍한 디딤돌이다. 게다가 돌 위에는 거북이 등 모양이 그려져 있다. 누가 그린 게 아니라 세월의 풍상과 함께 만들어진 자연석이다. 거북이는 동양에서 십장생 중의 하나로 장수와 복을 불러온다. 단양의 수석 판매장에서 귀하게 구했는데 억겁의 세월이 느껴진다. 맹구우목(盲龜遇木). 거북돌은 나를 만나기 위해 억만 년의 험난한 길을 걸어왔다. 만남에는 우연이 없다. 거북이 등을 밟고 집으로 들어오는 사람은 복 받을 것이다. 행복할 것이다. 건강할 것이다.

마당에는 여러 개의 자연석이 있다. 백두대간 한남금북정맥을 닮은 산봉우리가 우리집을 찾아오는 사람들을 반긴다. 내 호가 종산(終山)이다. 산봉우리다. 문화의 새로운 지평을 여는 최고봉이 되라는 뜻으로 이재인 선생님이 지어주셨다. 그래서 이 자연석의 이름을 '종산'이라고 지었다.

　　여인이 아이를 안고 있는 형상의 돌도 있다. 물론 자세히 보아야 알 수 있다. 생명과 공동체와 더불어 함께 사는 아름다운 세상을 염원하는 것이다. 하여 나는 이 돌을 '천년의 사랑'이라고 정했다. 선비의 고뇌를 담은 돌도 있다. 저 멀리 좌구산과 구녀산을 바라보며 사색에 젖어 있는 모습을 보면서 '사유하는 선비'라고 이름을 지었다. 그리고 그 사이에 장독대를 만들었고 크고 작은 돌과 잔디를 깔고 화초를 심었다.

돌로 깎아 세운 솟대도 있다. 사람 키 높이의 솟대 한 쌍이 푸른 산과 푸른 하늘을 우러러보고 있다. 석공의 귀재는 새를 깎아 하늘에 띄운다고 했던가. 날개 없는 인간도 가끔 날고 싶을 때가 있다. 일상의 번뇌를 훌훌 털고 세상의 풍경을 담고 싶을 때가 있다. 그래서 길을 나서고 여행을 떠나는 것이다. 솟대 주변을 어슬렁거린다. 탁낫

한은 몸 안에서 몸을 관찰하고, 느낌 안에서 느낌을 관찰하며, 마음 안에서 마음을 관찰하라고 했다. 나는 마당을 서성거리며 풍경을 본다. 풍경속에 드리운 나를 본다. 내가 나를 만난다.

담장을 쌓으며

담장을 쌓았다.

시멘트 벽돌로 단정하게 쌓기로 했다.

너무 높으면 주변 경관을 보는 재미가 없으니 아주 낮게, 있는 듯 없는 듯 담을 내기로 했다. 그리고 벽돌은 한글의 'ㅅ' 자와 'ㅇ' 자를 적절하게 조합하고 하트 문양을 넣기로 했다. 사랑으로 빚은 정원이기 때문이다.

옛 사람들은 집을 지을 때 담장도 함께 쌓았다. 돌담과 흙담을 많이 했다. 초가집에는 싸리나무로 담장을 내기로 했다. 담장은 삶의 공간을 알려주는 기능을 하지만 주변의 자연과 환경에 어울리게 꾸몄다. 꽃담을 만들거나 글자 난장으로 물들이기도 했다. 운현궁의 꽃담은 얼마나 아름다운가. 양반가에서는 길상의 의미가 담겨 있는 수복(壽福), 강녕(康寧), 부귀(富貴), 다남(多男), 만수(萬壽), 쌍희(囍) 등을 전돌이나 기와로 무늬를 놓아 꽃담을 만들었다.

우리 선조들은 풍경을 감상할 때 독화(讀畫), 곧 '그림을 읽는다'는 말을 자주 사용했다. 간화(看畫), '그림을 본다'는 말을 쓰지 않고 그림을 읽는다고 표현한 것은 서화동원(書畫同源), 즉 글씨와 그림의 근원이 같다는 인식 때문이다. 상형문자로 나타

나는 한자는 글씨 자체가 하나의 그림인 것이다. 단순형태나 조형미를 보는 것이 아니라 그 속에 내재되어 있는 심미적 가치를 즐긴다는 뜻이다. 마당을 가꾸고 담장을 내는 것도 이런 마음을 담고자 했다.

담장을 쌓는 일에 인부 세 명이 왔다. 이 중 한 분은 올해로 60년째 담장을 쌓고 있다. 18세 때부터 시작했다니 78세의 나이다. 아마도 대한민국에서 최장수 담장 쌓기 달인이 아닐까 싶다. 땀을 흘리며 벽돌 한 장 한 장 쌓아 올릴 때마다 눈매와 손길이 범상치 않았다. 마음을 다하는 모습에 숙연해진다.

고향집 고치는 일에 수많은 사람이 참여했지만 기억에 남는 사람들이 있다. 전기공사를 하는 분은 혼자서 마당과 건물 본채를 오가며 밤낮없이 일했다. 벽지를 붙이는 일에는 부부와 딸이 함께 일을 하면서 아름다운 모습을 보여주었다. 화장실 바닥 타일 공사를 할 때도 부부가 함께 일을 했다. 잔디를 까는 일에도 부부와 아들, 가족 기업이 와서 메마른 마당을 푸르게 가꾸었다.

담장을 쌓고 잔디를 깔면서 다양한 종류의 나무와 화초를 심었다. 담장 쪽에는 키 작은 측백나무를 심었고 버드나무도 몇 그루 심었다. 마당 한 켠에 붉은 빛이 감도는 금송 한 그루도 심었다. 이 소나무는 위치를 제대로 잡지 못해 세 번이나 자리를 옮

겨야 했다. 금송은 물 빠짐이 좋은 곳에 있어야 잘 자라기 때문이다. 나무마다 생리적 특성이 있으니 잘 따져보고 위치를 정해야 한다. 거름 주기는 기본이고.

화초는 마당에서 잘 자라며 꽃이 예쁜 것으로 골랐다. 늘씬한 키와 예쁜 퍼플색을 뽐내는 버들마편초는 봄부터 가을까지 꽃을 피운다. 난쟁이꽃은 땅바닥에 앉아서 입술을 내민다. 동강할미꽃은 바위틈에서 있는 듯 없는 듯 다소곳하다. 로즈마리 등 허브향 가득한 꽃도 곳곳에 심었는데 아침이면 꽃향기가 기지개 편다. 어림잡아 50여 종에 1,000여 본 심은 것 같은데 걱정이다. 나는 태어나서 지금까지 꽃 한 번 제대로 키워본 적이 없는 사람이다. 근본 없는 놈이 무리한(?) 짓을 했으니 행여나 마당의 화초들이 마음 상할까 걱정이다.

책이 있는 풍경

글밭을 가꾸는 것은 내 삶의 가장 중요한 일이 되었다.

이런저런 일로 뒤척일 때도, 온 세상이 어수선할 때도

새벽마다 기침하며 언어의 서랍을 열었다.

지나온 날의 상처를 보듬으며 성찰의 시간을 갖기도 했다.

금맥을 캐듯이 하나씩 언어의 파편들을 맞추어 나가다 보면

어느새 꽃이 되고 나비가 되고 햇살이 되고 바람이 되었다.

하나의 풍경, 희망이 되었다. 나의 글밭은 어김없이 책이 되었다.

대부분의 내 책은 지역문화의 현장 이야기다. 온몸으로 쓴 것들이다.

혼자 쓴 책도 있지만 여럿이 함께 마음을 모아 쓴 책들이 더 많다. 뜻을 함께하는 사람과 마음을 모아 책을 펴낼 때는 홀로의 기쁨보다 몇 배 더 간절했고 찬란했다. 화가 손순옥 씨와 함께한『생명의 숲 초정리에서』는 문화부 우수도서로 선정되고 서귀포시 대표도서로 선정되었다. 화가 강호생, 사진작가 홍대기 씨와 함께한『즐거운 소풍길』도 문화부 우수도서로 선정되고 이탈리아 사진비엔날레 초대작가로 참여하는 영광도 있었다. 역사학자 박경자 씨와 함께 쓴『풍경에 젖다, 마음에 담다』는 상생충북의 대표도서로 선정되었다.

송봉화 사진작가와 함께한『이 생명 다하도록』은 우리나라 최초의 라디오 극작인 한운사 선생의 삶과 문화를 그렸으며 송봉화·조순현 씨와 함께한『초정리 사람들』은 초정리의 소중한 문화를 되찾는 값진 결실을 맺었다. 손부남 화가와 손을 잡은『세종대왕과 초정10경』은 스토리텔링의 백미로 평가받았다. 황우석 박사 등 10여 명이 함께한 책『세상을 바꿔라』는 서로의 가치를 나누는 값진 책으로 기념되었다. 국가균형발전위원회의 지역혁신가 20여 명의 이야기를 담은 책『함께 꾸는 꿈』도 저마다의 꿈과 삶의 현장을 진솔하게 담았기에 가슴 뿌듯하다.

어디 이뿐인가. 내가 기획한 것들이 세상의 빛을 볼 때는 뿌듯함이 남다르다. 세종대왕 121일의 이야기를 창작공연물로 세종문화회관에 초연될 때, 초정과 괴산의 아름다움을 담은 글이 노래로 만들어졌을 때, 대한민국 최초의 라디오 극작가 한운사의 콘텐츠와 젓가락 콘텐츠가 축제로 이어질 때, 그리고 이 모든 것들이 세상 사람들과 함께 나눔을 즐길 때 묘한 기쁨과 자긍심을 느꼈다. 혼자 가는 길보다 함께 가는 길이 더 아름답고 값지다는 것을 확인했다.

세계에서 주목받는 최고의 도서관들은 부유한 애서가들의 서고에서 시작됐다. 피렌체의 부자 코시모 데 메디치는 산마르코 인근 수도원에 도서관을 건립하고 학자들에게 장서를 공개했다. 카네기는 도서관 건립에 자신의 재산 90%를 기부했다. 미국

전역에 1,670여 개의 공공도서관이 세워졌고, 전 세계 2,509개 도서관 건설에 5,620만 달러가 지원됐다. 중국 닝보시의 천일각은 500년 전에 세워진 세계 3대 개인 서재로 드넓은 정원과 고풍스러운 건축미에 30만 권의 고서가 숨 쉬고 있다.

크리에이터 이어령은 "연필은 지적 광산이고, 책은 지식의 최전선"이라고 말했다. 글을 쓴다는 것은 한 사람의 삶과 시대의 영광을 오롯이 담는 행위다. 책을 읽는 것은 세상의 지식과 정보와 지혜를 온몸으로 받아들이는 행위며 새로운 미래를 여는 성스러운 의식이다. 책방과 도서관이 중요한 것도 이 때문이다. 그렇지만 책이 팔리지 않고 서점이 급감하고 있다. 종이책을 읽지 않기 때문이다. 출판사 폐업이 속출하고 동네서점은 10년 전보다 38%나 감소했다.

루터는 "세상을 바꾸고 싶으면 펜을 들라. 그리고 써라"고 했다. 아르헨티나의 소설가 호르헤 보르헤스는 "천국이 있다면 그곳을 도서관일 것"이라고 하지 않았던가. 담장을 쌓고 정원도 가꾸었으니 이제 책의 정원을 꾸밀 시간이다. 돌이켜보면 내가 읽은 책과 내가 쓴 책을 밟고 내가 성장했다.

책의 정원

나는 문학소년이었다.

중학교 때 생텍쥐페리의 『어린 왕자』와 알퐁스 도데의 『별』을 읽으면서
느꼈던 들뜬 마음과 설레임을 잊을 수 없다.

그 시절 시골에는 교과서 이외의 책을 구경하는 게 쉽지 않았기 때문에
이웃집 형들이 읽던 책을 빌려와 온 동네를 뛰어다니며 읽고 또 읽었다.

소년은 어린 왕자의 꿈과 호기심을 따라 우주여행을 했다.

양치기 소년의 순결한 사랑 앞에서 가슴 시린 나만의 사랑을 꿈꾸곤 했다.

이 때문에 대학에서 문학을 전공할 수 있었다. 도올 김용옥의 철학서적과 이어
령 전 장관의 문화서적, 그리고 근현대의 아픔을 담은 대하소설을 읽으며 청춘의 꿈
을 키웠다. 그 끝을 알 수 없는 동양철학의 세계를 항해하고 인간의 존재가치를 찾고
자 했으며, 우리만의 문화 DNA 속에 풍덩 빠져보고 싶은 요량으로 한 권 한 권 읽어나
갔다. 고난의 역사를 쏟아지는 활구(活口)로 이해하고 호흡하고자 했다. 불혹이 되어
서는 여행서적과 예술비평서를 많이 읽는다. 문화유산 순례기에서부터 역사·미술·철
학 등 인문학 기행을 다룬 책, 세계 각국의 박물관·미술관 여행을 소재로 한 책과 도시

빨간꽃 초

뒷골목 풍경을 담백하게 그려낸 책에 이르기까지 낯선 땅, 낯선 도시의 속살을 엿보기에 부족함이 없다. 해외는 물론 국내 출장길에는 항상 가벼운 책 한 권이 동반자가 되어주는데, 말 많은 친구나 까칠한 여인보다 한 권의 책이 내 마음을 더 잘 이해하고 기쁘게 해준다. 최근에는 지역문화와 관련된 국내외의 서적을 뒤적거리고 있다.

한 구절의 시를 통해 내 가슴이 잔잔한 감동으로 물결치기도 했다. 젊은 날에는 윤동주 시인의 '서시'를 읽으며 "죽는 날까지 하늘을 우러러/한 점 부끄럼 없기를" 다짐하고 "별을 노래하는 마음으로" 나만의 길을 자박자박 걸어가겠다고 맹세했다. 고은 시인의 '낯선 곳'이라는 시를 읽다 보면 "떠나라 낯선 곳으로/그대 하루하루의/낡은 반복으로부터"라는 구절을 만나게 된다. 현실에 안주하지 않고 새로운 꿈, 새로운 미래, 새로운 세상을 위해 기꺼이 일어나 자박자박 걸어가는 용기를 주었다.

도종환 시인의 글은 내 가슴을 때리고 울리기도 했다. "버려야 할 것이 무엇인지 아는 순간부터/나무는 가장 아름답게 불탄다"고 노래한 '단풍 드는 날'은 늦가을 산사를 걸으며 읽었는데 욕망의 옷을 벗고 순수한 인간으로 새롭게 태어나자고 다짐하는 시간이었다. 청주국제공예비엔날레 행사장에서 열린 〈가을의 노래, 시인의 노래〉에서 시인은 "흔들리지 않고 피는 꽃이 어디 있으랴/그 어떤 아름다운 꽃들도/다 흔들리며 피었나니"라며 '흔들리며 피는 꽃'을 낭송했다. 그날 나는 가슴 깊은 곳에서부터 쏟아지는 눈물과 천둥 같은 심장소리에 몸과 마음이 혼미해져 어찌할 바를 몰랐다.

정호승 시인은 '고래를 위하여'라는 시에서 "푸른 바다에는 고래가 있어야지/고래 한 마리 키우지 않으면/청년이 아니지"라고 노래했는데 이 땅의 모든 사람이 꿈, 희망, 열정, 사랑이라는 고래를 마음속에 키울 수 있도록 하지 않았던가.

이어령의 책은 출간되는 족족 사서 읽었다. 한국의 문화원형에서부터 디지털과 영성을 다룬 책에 이르기까지 읽을 때마다 창의적인 메시지에 몸속의 피가 거꾸로 솟기도 한다. 사람은 태어나서 한 번쯤은 옳은 일을 위해 목숨을 걸 수 있어야 한다. 활시위를 당겨야만 과녁을 맞출 수 있다. 도전은 아름답다. 실패해도 성공하는 것이다. 그러니 용기를 가져라, 도전하라…. 구순을 앞두고 있지만 그 열정과 창조의 DNA는 식지 않았다.

책이 인간에게 미치는 영향은 고전 속에서도 찾을 수 있다. 충북 괴산군 괴산읍에 자리하고 있는 김득신의 옛집인 취묵당에는 독수기(讀數記)가 걸려있다. 그가 평생 1만 번 이상 읽은 글 36편의 목록이 가득 적혀 있는데 사기의 『백이전』은 무려 11만 3천 번이나 읽었다고 기록되어 있다. 그의 서재를 '억만재(億萬齋)'라고 지은 것도 글을 읽을 때 1만 번이 넘지 않으면 멈추지 않는다고 해서 붙여진 것이 아닐까. 이보다 앞서 조선시대에 독서로 불우한 삶을 이겨낸 인물로 실학자 이덕무가 있었다. 그는 '간서치(看書痴)(책만 보는 바보)'라 할 정도로 책을 끔찍이 좋아했다. 서얼 출신이라는 신분적 제약을 독서로 극복했으며 그 결과 정조 임금의 신임을 얻어 규장각에 들어갈 수 있었다.

영국의 처칠은 아버지가 애독하던 『로마제국 쇠망사』를 군 복무 중에도 하루 5시간씩 탐독할 정도로 평생 이 책을 삶의 교훈으로 삼았다. 가난한 아일랜드 이민자에서 100년 만에 미국의 존경받는 대통령을 탄생시킨 케네디가(家) J. F. 케네디 형제들 모두 하버드대학에 다닐 수 있었던 것도 책 읽는 습관과 어머니의 현명한 자녀교육 때문이었다. 식사시간을 활용해 토론하고 신문의 중요한 내용을 읽도록 함으로써 통찰력을 키웠다.

이처럼 우리는 한 권의 책, 한 구절의 시를 통해 자신의 삶을 성찰하게 한다. 때로는 고단하고 비루하기 짝이 없는 삶, 한 치 앞을 예단할 수 없는 아슬아슬한 현실의 벼랑 끝에서 신발끈을 다시 메고 일어서게 하는 마력이 있다. 바닥으로 곤두박질친 번잡한 일상을 펄떡이게 하고 새로운 꿈을 빚게 한다. 생의 뒤란에서 서성대지 않고 구걸하지 않으며 뒷걸음질 치게 하지 않는다. 쏟아지는 햇살처럼, 모시조개 같은 구름처럼, 나그네에게 휘파람 불어주는 바람처럼, 몸과 마음을 번뜩이게 하는 녹음방초처럼 시원시원하고 정직하게 내 삶의 비옥함을 건네준다.

초정리 고향집을 책의 정원으로 꾸미려는 것도 이 때문이다. 이곳에서 수많은 사람이 책을 읽고 글을 쓰며 꿈을 꾸고 풍경에 젖도록 하고 싶었다. 삶의 향기 가득한 공간 말이다. 거실과 안방과 사랑방을 테마가 있는 공간으로 꾸몄다. 거실은 내가 쓴 책이나 함께 했던 사람들의 책을 담았다. 지역문화를 엿볼 수 있는 자료들도 만날 수 있도록 했다. 크리에이터 이어령, 수필가 이재인, 시인 최금녀, 패션디자이너 이상봉, 샘터출판사의 김성구 대표, 설치미술가 강익중 등 오랜 인연을 맺어온 분들의 책과 자료를 소개했다. 손으로 쓴 편지와 문인들의 육필원고도 있다. 미디어아트 작품도 있다.

복도와 안방은 일반 도서로 가득 채웠다. 대부분이 내가 읽었거나 소장하고 있던 책이다. 함께 하겠다며 기증한 책들도 있다. 대전의 이든북 출판사, 청주의 현진에버빌아파트 작은도서관 등에서 다채로운 책을 보내왔다. 사랑방은 갤러리 공간으로 꾸몄다. 미술관련 책을 소개하고 내가 소장하고 있던 그림이나 공예품을 전시하는 곳이다. 이곳에서 차를 마시며 책과 예술의 풍경이 깃들도록 했다. 가능하다면 계절별로 책과 미술을 소재로 한 기획전을 가질 작정이다. 건물 밖 처마 밑에도 책장을 만들었다. 야외라는 특수성을 고려해 동화책을 꽂았다. 책이 있고 문화가 있으며 풍경이 있는 공간으로의 면모가 갖춰진 셈이다. 앞으로는 마당과 담장에서 책이 가득할 것이다. 초정리의 아름다운 풍경속에서 책 읽는 소리가 나고, 책 향기가 솔솔 피어나는 곳 말이다. 여기는 책의 정원 초정리다.

집 들어갑니다

나도 모르게 뜨거운 눈물이 주르르 흘러내렸다.

아! 아버지. 붉게 빛나는 처마를 보며,

그날의 일이 분명하게 기록되어 있는

빛바랜 상량문을 올려다보며 눈물을 훔쳤다.

엄마의 다듬잇돌과 장독대와 골담초 앞에서는

가슴이 먹먹해 숨이 막힐 지경이었다.

머리에서 가슴으로 울컥울컥 오르락내리락했다.

지난 봄부터 8개월 넘게 집을 고치는 일에 매진했다. 이틀에 한 번씩 비가 오면서 애를 태우더니 여름이 시작되면서부터는 마른장마와 무더위에 모두가 기진했다. 뒤늦게 찾아온 가을장마는 새집을 통째로 삼킬 것 같아 여러 날 잠을 설쳤다. 괜한 짓했다며 후회를 한 적도 있었다. 새로 지으면 될 것을 왜 고생 사서 하느냐며 핀잔주는 사람도 있었다. 십 원짜리까지 탈탈 털었으니 앞으로의 살길이 막막했다.

그렇지만 이렇게 다듬어놓고 보니 마음이 후련했다. 아버지가 지은 집 아들이 고쳐 쓰겠다는 나의 다짐이 비소로 이루어졌다. 그동안 나는 지역과 전국의 문화현장에서 수많은 일을 도모했지만 이렇게 나를 위해 투자한 적은 한 번도 없었다. 순전히 내가 해야 할 사회적 책무 앞에서 미친 듯이 일만 했을 뿐이다. 그때 배우고 익힌 것들을, 그때 다짐하고 결의한 맹세를 지금 실천에 옮긴 것이다. 공간이 사라지면 역사도 사라지고 사랑도 사라진다. 건축은 그 속에서 펼쳐지는 삶에 의해 완성된다. 공간은 또다시 우리를 만든다. 그리운 것은 모두 고향에 있다. 그러니 저마다의 상처를 보듬고 풍경을 담으며 새로운 희망의 씨앗을 뿌리자고 노래하지 않았던가.

나는 아버지의 땅을 딛고, 엄마의 가슴을 치며 다시 태어났다. 책으로 가득한 풍경을 만드는 일이 시작되었다. 예술의 향기가 솔솔 피어날 것이다. 세상 사람들이 더불어 함께 삶의 여백을 찾고 즐기는 곳으로 가꾸는 여정이 시작되었다. 작지만 소소한 풍경이 더욱 아름답게 물결칠 것이다. 이 집 고치는 일, 돈 안 되는 일에 기꺼이 함께해준 홍석문 사장에게 감사드린다. 애태우며 함께해준 나의 가족과 예쁘고 착한 동생 순자, 조카 재용이, 그리고 응원의 박수를 보내는 수많은 벗에게 감사의 마음을 전한다.

오랫동안 나의 일은 묵묵히 응원해준 분(히든 우먼)께서 팥시루떡을 해 보냈다. 절대 이름을 밝히지 말라고 했지만, 그 고마움을 어찌 잊겠는가. 전 충북대학교 식품영양학과 김은주 교수다. 새집 들어가기 전에 조상님께 감사하고, 하늘과 땅의 신령님께 감사하며, 악귀를 물리치고 늘 좋은 일 가득하면 좋겠다며…. 그래서 장독대에도, 정자에도, 대문에도, 우물터에도, 거북 돌다리에도, 안방과 거실에도 시루떡을 올려놓았다. 이웃과 함께 나누어 먹었다.

나는 이제 사랑할 시간만 남아있다. 뜨거운 눈물이 그랬다. 나의 삶이 더욱 분명하게 보이기 시작했다. 나와 남을 진정으로 사랑한 적이 있는지 지나온 삶을 되돌아보았다. 부끄럽고 또 부끄럽다. 이제는 진심을 다하고 용기를 다할 것이다. 나를 사랑하고 이웃을 사랑하는 일 말이다. 똘레랑스와 노마디즘. 똘레랑스는 관용이고, 노마디즘은 인식의 확장이다. 이곳에서 세상 사람들과 함께 삶의 향기 가득한 풍경을 빚을 것이다.

> 세상에서 가장 아름다운 노래를 부르고,
> 세상에서 가장 아름다운 춤을 추며,
> 세상에서 가장 행복한 풍경을 빚을 것이다.
> 다시 가슴이 뛰기 시작했다.

장인, 장모님과 처갓집 식구들이 집구경 왔다.

후기.——— 아버지가 지은 집
아들이 고쳐 쓰다

＋

내가 태어난 곳은
충북 청주시 청원구 내수읍 초정리 60의 3번지

수백 년 마을을 지키고 있는 팽나무와 참나무도
초정리 60의 3번지

달고 쓰며 차디찬 약수가 나오는 곳도

세종대왕의 어짊과 한글창제와 창조의 정신이 깃든 곳도

초정리 60의 3번지

해가 뜨고 지고

달이 뜨고 지고

바람이 머물다 가며

꽃이 피고 지는 곳도

초정리 60의 3번지

내가 울었던 곳도
내가 돌부리에 넘어졌던 곳도
내가 꿈을 꾸고 희망을 만들고
사랑을 시작한 곳도
초정리 60의 3번지

마당 깊은 집
샘이 깊은 집
마을 풍경을 품고 있는 집
삶의 향기 가득한
초정리 60의 3번지.

✤

마을 깊은 곳 골목길을 어슬렁거리다가
솟을대문 앞에서 발걸음을 멈추었다.

바람이었을, 꽃이거나 햇살이었을
혹은 눈물이거나 그리움이었을
어쩌면 가슴 뜨거운 사랑이었을
그 아픈 향기가 얼핏 가슴을 파고든다.

누구였을까, 어떤 이가
이 문을 오갔을까.

아버지의 아버지의 아버지의
어머니의 어머니의 어머니의
진한 땀방울과 시리고 아픈 눈물과
달빛 같은 희망의 노래가 끼쳐온다.

나의 삶과 나의 언어와 나의 사랑도
누군가의 향기로 남을 수 있을까.

찬바람이 근본 없는 나그네의 어깨를
툭 치고 달아난다.
가슴이 뜨거워진다.
굳게 닫혀있는 마음의 문을 열어야겠다.

✦

시골집에 들어서면 새들이 먼저 마중을 나온다.
어머니의 빈 자리에 새들이 집을 짓고 새끼를 치며
마당과 장독대를, 우물가와 처마 밑을 오가며
재잘거린다.

시골집에 들어서면 꽃들이 먼저 마중을 나온다.
유년의 풍경이 사라진 쓸쓸한 그곳에
민들레 피고 지니 골담초가 노란 입술을 내밀고
언덕의 아카시아꽃이 향기를 뿌린다.

시골집에 들어서면 잡풀들이 먼저 마중을 나온다.
작년에 심은 청죽과 오죽은 살았는지 죽었는지
뒷밭에 심은 토마토와 고추는 왜 이리 더디게 자라는지
마당에는 엉뚱한 잡풀이 무성하니 마음만 심란하다.

오늘은 시골집에 들어서니 팽나무가 마중을 나왔다.
어머니의 빈 자리에, 주인 없는 그곳에
이름 모를 새들이, 꽃들이, 잡풀들이, 늙은 나무가 있었다,
언제나 쓸쓸한 풍경이 깃들고 있었다.

✤

하늘과 땅이 마주하고

햇살과 그림자가 깃들며

들숨과 날숨

자연의 오달진 생명

장인의 혼과 진한 땀방울로

집 한 채, 밥 한 그릇

만들었다.

자연이 사람과 만나니

우주가 되고

날줄과 씨줄이 만나니

삶과 문화가 되어

새새틈틈 스미고 물드나니

꽃처럼 나비처럼 바람처럼 햇살처럼

별처럼 달처럼 물처럼 숲처럼

그렇게 풍경이 깃든다.

장독대엔 장이 익어가고

굴뚝에선 연기가 모락모락

밥 짓는 구수한 내음 끼쳐오고

마당에서 서리태 까부는 소리

장작 패는 소리 마뜩하고

돌담 옆 붉게 쏟아지는 홍시를 보며

나그네 발걸음 머뭇거린다.

모든 참된 삶은 만남이고

내가 사는 곳이 나를 만드니

이곳은 천년의 숨결

시공을 뛰어넘는 사유의 공간

깊고 느림의 미학,

오래된 미래다.

마음은 행운이 깃드는 정원이다.

✤

바람이 들창을 열고 들어와
몸을 풀기 시작했다.
저번 날엔 산에서 내려오고
어떤 날은 냇가의 물살을 가르며 달려왔는데
오늘은 붉게 익어가는 과일과 곡식의 이야기를
가지고 와 마당에 풀기 시작했다.

들창이 움직이는 소리만으로도
바람의 크기와 심술을 알 수 있다.
삐그덕 나지막한 소리가 나면
숲속의 비밀을 잔뜩 품고 온 것이고
뿌시시 들릴 듯 말 듯하면
맑은 햇살 속에서 잠시 낮잠을 자다 온 것이고
휘리릭 큰 소리가 나면
옆집 짱구네 장독대를 어슬렁거렸는지
구수한 냄새가 끼쳐온다.
휘익휘익 문풍지 찢어지는 소리가 나면
잔뜩 화가 난 것이 틀림없다.

빨랫줄과 장독대와
우물과 징자를
한 바퀴 돌아온 바람은
대청마루에 앉아
자신이 달려온 들녘을 바라보았다.

바람은
아무 말도 하지 않은 채
들창을 열고 자신이 왔던 길로
되돌아갔다.

구름이면 좋겠어.

지난 여름은 너무 뜨거웠어.

도시의 풍경도 숲들도

숨이 막히고 기진해 있으니

보석같은 단비를 몰고 올

구름이면 좋겠어.

산들바람이면 좋겠어.

고단한 하루, 갈피 없는 나그네의

진한 땀방울 식혀주고

사랑하는 내 님과 함께 찾아오는

산들바람이면 좋겠어.

꽃이 되면 더욱 좋겠어.

자신의 몸무게보다 몇백 배 더 무거운

흙을 비집고 일어나 옥문을 여는

맑고 향기로운 그 처녀성의 신비가

온 세상에 젖고 스미며 물드니

꽃이 되면 좋겠어.

아무래도 하늘을 나는 새가 되어야겠어.

몸과 마음에 세상의 풍경이 깃들고

그 풍경 속에서 앙가슴 뛰며 춤과 노래를 부르는

새가 되어야겠어.

✤

눈 오는 날에는 자작나무 숲을 걷고 싶다.
아무도 걷지 않은 숲, 하얀 눈발에 빛나는
자작나무를 보며 홀로의 자유를 누리고 싶다.

잠이 오지 않는 밤에는 반짝이는 별을 세고 싶다.
수억 년에 걸쳐 축적된 쓰라린 상처를 보듬고
영롱하게 빛나는 별빛을 보며
내 가슴에도 불멸의 별 하나를 심고 싶다.

바람 부는 날에는 바람 타고 여행을 하고 싶다.
여기가 어디던가, 저기가 어디던가
마음 부려놓고 나뭇잎처럼 가볍게 흩날리며
세상 풍경에 젖고 싶다.

햇살 가득한 날에는 그대와 손을 잡고
다시 그 숲으로 가고 싶다.
새새틈틈 쏟아지는 맑고 향기로운 햇살에
내 입술을 포개며 야생의 몸으로
그 향기를 맡고 싶다.
사랑의 피를 토하고 싶다.

그 숲에 자작나무 가득하면 더욱 좋겠다.

온 하늘이 새의 길이듯

온 세상이 나의 삶, 나의 길이면 좋겠다.
그대와 함께하는 길이면 더욱 좋겠다.

✤

어떤 길은 구부러지고

어떤 길은 곧게 뻗어있다.

어떤 길은 발 닿는 매 순간 보드랍고

어떤 길은 걸을 때마다 천근만근이다.

어떤 길은 숲과 계곡과 꽃으로 가득하고

어떤 길은 삭막하고 북풍한설 몰아친다.

어떤 길은 유순하고

어떤 길은 험하고 고달프며 마른 먼지 푸석거린다.

산길, 들길, 물길, 골목길,

기찻길, 하늘길, 아스팔트길

혼자 걷기도 하고 손잡고 걷기도 하며

여럿이 함께 걷기도 한다.

길을 걷다가 두리번거린다.

풍경을 담고 추억을 담고 그리움을 담는다.

꿈을 담고 사랑을 담고 상처를 담는다.

길을 걷는 매 순간 삶의 신비다.

길은 나와 세상을 연결하고

머뭇거리기도 하며 앞으로 나아가게 한다.

오늘도 내가 걷는 길 위에

내 삶의 무늬가 찍힌다.

누군가의 무늬를 밟고

누군가는 내 삶의 무늬를 밟는다.

길을 걸을 때마다 가슴이 뛰는 이유다.

삶은 매 순간 용기다.

샘터사 김성구 대표와 함께.

✤

너를 열면
동그랗게 큰 하늘이
넓은 바다가
고향 같은 대지의 기운이
향긋한 동산이 펼쳐진다.

살포시 너를 닫으면
그리움의 밤
쏟아지는 별들이
새새틈틈 내게로 온다.

너의 젖은 가슴에
얼굴을 묻는다.
새벽의 숲 향기가 끼쳐온다.
소리 없이 눈물을 훔친다.

사랑하는 나의 가족(왼쪽부터 재은, 재윤, 혜정, 재원).

✤

그대여, 내가 무엇이기에 이토록 기억해 주시나이까.

내가 무엇이기에 매 순간 앙가슴 뛰게 하시나이까.

오월의 꽃보다 더 아름답고 오월의 햇살보다 더 소중해도 되는 것이나이까.

매일 아침 눈을 뜰 때마다 밥을 먹고 길을 나서며

일을 하는 새새틈틈 살아있음에 대해,

누군가가 나를 보살피고 있다는 것에 대해,

나를 한 없이 사랑하는 당신이 있다는 것에 대해

부끄럽고 감사하며 기쁨으로 가득합니다.

나를 고집하느라 고통이 밀려오기도 하고,

나를 알아주지 않는 세상이 야속해 남 탓을 하고 증오의 벽 앞에서

누군가를 미워한 적이 한두 번 아닙니다.

힘들다고 투정 부리며 뒷걸음질 친 적도 있습니다.

나의 고통과 나의 갈증과 나의 방황과 나의 어리석음으로 갈피 없을 때

당신은 내 손을 잡아주고 내 가슴을 어루만져 주었으며

내 등 뒤에서 쓰담쓰담 따뜻한 동반자였습니다.

생각해보니 당신은 내게 큰돈을 주지 않았습니다.

스스로 피땀 흘려 일할 수 있는 열정을 주었고

일한 만큼의 대가를 주었으며 굶어 죽지 않을 만큼의 쌀과 곡식을 주었습니다.

당신은 내게 권력을 주지 않았습니다.

오만과 독선과 욕망에 빠지지 말라고, 항상 낮은 자세로 임하라고,

이웃과 함께하라며 진한 땀방울을 주었으며 봉사의 정신을 주었습니다.

당신은 내게 폼 나는 외모를 주지 않았습니다.

큼직한 키에 멋진 얼굴을 마다할 사람 어디 있겠습니까만 자칫 건방 떨까 걱정돼

작은 키에 못생긴 얼굴에 머리털까지 숭숭 빠진 모습입니다.

그렇지만 아주 못생긴 모습을 주지 않았습니다.

당신은 내게 위대한 스승과 든든한 백도 주지 않았습니다.

스승이 많고, 백이 많으면 건들거리고 자만에 빠질 수 있다며,

스스로 스승이 되고, 스스로가 백이 되어야 한다며,

스스로 단련할 수 있는 강인함을 주었습니다.

하늘은 내게 사람들이 탐낼 만한 그 어떤 것도 주지 않았습니다.

그렇지만 공깃돌 고르듯, 민들레 홀씨처럼 가까이하면 삶의 향기 나는 사람,

이 땅에 값진 그 무엇이 되라며 책을 읽고 글밭을 가꾸며

세상을 빛낼 수 있는 일을 하도록 했습니다.

내 삶의 최전선에서 알곡진 열매를 맺을 수 있는 열정과 도전을 주었습니다.

그대여, 내가 무엇이기에 이토록 기억해 주시나이까.

내가 무엇이기에 매 순간 앙가슴 뛰게 하시나이까.

사무치게 그리워 눈물나게 하시나이까.

2024. 10. 10

아버지가 지은 집, 아들이 고쳐 쓰다

책의 정원, 초정리에서

1판 1쇄 인쇄 2021년 10월 30일
1판 1쇄 발행 2021년 11월 10일

지은이 변광섭
펴낸이 김성구

주간 이동은
콘텐츠본부 고혁 송은하 김초록 김지용 이영민
마케팅본부 송영우 어찬 윤다영
관리 박현주

펴낸곳 (주)샘터사
등록 2001년 10월 15일 제1－2923호
주소 서울시 종로구 창경궁로35길 26 2층 (03076)
전화 02-763-8965(콘텐츠본부) 02-763-8966(마케팅본부)
팩스 02-3672-1873 | 이메일 book@isamtoh.com | 홈페이지 www.isamtoh.com

ISBN 978-89-464-7392-8 03810

값은 뒤표지에 있습니다.
잘못 만들어진 책은 구입처에서 교환해드립니다.

샘터 1% 나눔실천
샘터는 모든 책 인세의 1%를 샘물통장 기금으로 조성하여 매년 소외된 이웃에게 기부하고 있습니다.
2020년까지 약 9,000만 원을 기부하였으며, 앞으로도 샘터는 책을 통해 1% 나눔실천을 계속할 것입니다.